로크미디어가
유혹하는
재미있는 세상
ROK
MEDIA
로크미디어

다시 사는
재벌가
망나니

다시 사는 재벌가 망나니 24

2022년 11월 23일 초판 1쇄 인쇄
2022년 11월 28일 초판 1쇄 발행

지은이 맹물사탕
발행인 김정수 강준규

기획 이기헌 왕소현 박경무 강민구 조익현
책임편집 금선정
마케팅지원 이원선

발행처 (주)로크미디어
출판등록 2003년 3월 24일
주소 서울시 마포구 마포대로 45 일진빌딩 6층
Tel (02)3273-5135 **Fax** (02)3273-5134
홈페이지 rokmedia.com **E-mail** rokmedia@empas.com

값 9,000원

ISBN 979-11-408-0322-4 (24권)
ISBN 979-11-354-9456-7 04810 (세트)

다시 사는 재벌가 망나니

맹물사탕 현대 판타지 장편소설

24

Contents

1장

지금 나는 최서연과 동행하고 있었지만, 요한의 집에 방문하는 건 우리뿐만이 아니었다.

나는 구봉팔과 조세화에게도 요한의 집으로 와 달라는 말을 했고, 구봉팔은 이 갑작스러운 만남에도 가타부타하는 일 없이 '거기서 뵙겠습니다.' 하고 대답했다.

조세화가 조금 어려웠는데, 아무래도 양상춘에게 내가 조설훈의 죽음과 무관하지 않을 수 있다는 말을 들은 탓인지 전화로 듣기에도 조금 나를 어려워하고 있다는 느낌이 물씬했다.

'거참, 그 양반도 쓸데없는 짓을 해서는.'

그래도 조세화는 곧 거기서 보자는 말로 요한의 집에서 보자는 내 제안을 수락했다.

조세화 역시도 이 기회에 구봉팔을 만나 대화를 나눌 필요가 있던 참에 내가 만들어 준 구실을 이용할 참일 것이다.

'동시에 구봉팔이 누구에게 충성하고 있는지도 확인할 겸해서.'

뭐, 구봉팔은 다른 구태들과 달리 조세화에게 '어린 것이 까불댄다'고 반감을 가지는 것도 아니고, 미리 언질을 해 둔 것도 있으니 어련히 잘하리라고 보지만.

신정현이 모는 국산 세단은 부드럽게 외곽 순환 도로에 올라섰다.

최서연에게는 개인 소유의 스포츠카가 따로 있는 모양이었지만, '이런 자리에는 적합지 않다'며 굳이 끌고 온 모양이었다.

디테일이 명품을 만든다더니 소소한 것 하나도 놓치지 않는 걸 보면 최갑철의 딸이 맞구나 싶기도 했다.

"슬슬 D구네. 내가 미리 알아 둘 거 있니?"

"음……."

내가 대답을 망설이는 기색이자 최서연이 픽 웃었다.

"신 비서는 괜찮아. 아무것도 못 듣거든."

그렇다면야.

"요한의 집이 한때 박상대 씨의 조세 포털로 쓰였단 건 알고 계시죠?"

"알아. 이제껏 안 걸린 게 신기할 정도로 노골적이더라? 차라리 거물이 되기 전에 발견해서 다행이지, 뭐."

그래도 한때는 약혼자였는데 신랄하기가 이를 데 없다.

내 알 바는 아니지만.

나는 최서연이 인지하고 있는 걸 확인하곤 고개를 끄덕였다.

"그리고 오늘 만날 구봉팔 씨는 새마음아동복지재단 이사장으로 재직하며 힘을 썼던 사람이에요."

"응, 요즘 잘나간다며? 조광 한정이긴 하지만. 어쨌거나 그 구봉팔이란 사람한테 새마음 어쩌고 재단은 이래저래 걸리적거리는 걸 테니까 나한테 넘겨도 별로 미련은 없겠다, 그치?"

내가 최서연을 대동하고 요한의 집으로 향하는 이유였다.

나는 새마음아동복지재단을 직접 인수하는 대신, 최서연에게 재단을 넘길 생각이었다.

'서로가 윈윈이지.'

최서연은 대외적 이미지를 챙길 수 있어서 좋고, 구봉팔 입장에도 이 계륵 같은 걸 넘길 수 있으니 나쁘지 않은 제안이 될 터.

동시에 최서연에게 새마음아동복지재단을 넘기는 건, 곧 최갑철과 내가 손을 잡는다는 시그널로 비치는 효과도 있었다.

'조세화라면 몰라도 양상춘이라면 내가 파놓은 함정(?)에 걸려들 거야.'

나는 잠시 생각하다가 대답했다.

"그렇게 장담할 만한 일은 아니지만요."

"응? 그 사람 혹시 거기에 따로 주머니 챙겨 두고 있니?"

말하는 것 하곤.

아무리 내 앞이라지만 그런 민감한 사안은 조금 모른 척해 주면 안 되나.

"그건 모르겠지만…… 사실 구봉팔 씨는 요한의 집 출신이거든요."

내 말에 최서연이 눈을 동그랗게 떴다.

"그래? 참 별일이 다 있네."

그 뒤 최서연은 잠시 생각에 잠겼다가 눈을 가늘게 뜨며 나를 보았다.

"혹시 그 사람, 박상대랑도 알던 사이야?"

단순히 찍어 맞힌 건지, 나름의 추론 과정이 있었던 것인지는 모르겠지만 퍽 예리한 질문이었다.

"그런 것 같더군요."

숨겨 봐야 곧 들통날 일이라 판단해 시인했더니.

"흐응."

최서연이 고개를 끄덕였다.

"그러면서 김기환이랑 동행을 했다는 건, 그 사람도 박상

대의 스캔들을 밝히는 데 지대한 공헌을 했겠구나?"

그녀가 말하는 걸 들으며, 나는 최서연이 구봉팔을 약간이나마 원망하고 있는 건 아닌가 하고 생각했다.

'박상대에게 아주 마음이 없었던 건 아니었나?'

나는 생각한 바를 내색하지 않으며 의도를 모른 척, 보란 듯이 어깨를 으쓱였다.

"구봉팔 씨가 재단 이사장이라는 입장상 저희와 함께한 것은 맞지만, 그 일에 직접적으로 관여하지 않았어요. 오히려 제게 말하길, 조설훈이 숙청하려던 걸 해외 도피로 막아 보려 했다고 하니까요. 결국 그건 이루어지지 않았습니다만."

"……."

최서연이 팔짱을 끼며 의자에 등을 붙였다.

"박상대한테 그런 친구가 있다는 이야기는 못 들어 봤는데. 아니, 애당초 친구라 부를 사람도 없었지, 그 사람."

"두 분이 어떤 사이였는지는 저도 잘 모릅니다."

나는 그쯤해서 선을 그었다.

"정 궁금하시면 오늘 대화를 나눠 보세요."

"됐어."

최서연이 코웃음을 쳤다.

"어차피 영원한 적도 아군도 없는 바닥 아니니? 나도 어디까지나 절차상 필요해서 그 사람을 만나 볼 뿐이야."

아, 예. 어련하시겠습니까.

최서연이 화제를 바꿨다.

"그러고 보니 조세화도 온댔니?"

"네."

"……흐음. 뭐, 이번 일과 아주 무관한 인물은 아니니 상관은 없지만."

최서연이 나를 힐끗 쳐다보았다.

"내가 누구란 이유로 괜히 불편해질 일은 없겠지?"

"없을 거예요. 아니면, 그럴 만한 일이라도 있나요?"

"……흐응."

최서연은 나를 물끄러미 쳐다보았다.

"나처럼 예쁜 누나가 네 옆에 있으면 질투하는 거 아닐까 해서 물어봤을 뿐이야."

본심은 그게 아닐 거면서 둘러대기는.

'박상대를 사이에 두고 최갑철의 직계인 자신과 조광 일가 사이의 미묘한 알력 다툼을 신경 쓰진 않겠냔 의미겠지.'

게다가 조설훈과 조지훈 사이에 오간 도청 내용을 들어 보았으니, 조설훈이 박상대를 제거하려 했다는 것도 이미 알 테고.

하지만 그럴 일은 없을 것이다.

'조세화도 평범한 애는 아니거든.'

그리고 이건 여담이지만, 굳이 따지면 최서연은 내게 누나보단 이모뻘이다.

'실제로 최서연은 서명화랑 비슷한 나이니까.'

물론 그걸 말하면 분명 화를 낼 테니 입 밖에 내지는 않겠지만.

내가 반응하지 않고 잔잔한 미소만 지어 보이자 최서연은 시시하다는 듯 코웃음을 치며 창밖으로 고개를 돌렸다.

차는 이윽고 D구에 진입하여 요한의 집으로 향했다.

최서연은 D구에서도 변두리에 위치한 요한의 집으로 가는 길을 마뜩찮은 듯 쳐다보다가 내게 고개를 돌렸다.

"나도 듣기는 했지만, 그래도 너무 구석진 곳에 있는 거 아니야?"

"안 그래도 지금 Y구에 확장 시설을 짓고 있는 중이긴 해요."

"Y구? 뭐, Y구면 나쁘지 않긴 한데."

응, 거기서 사람이 죽은 것만 빼면.

최서연이 툴툴댔다.

"내가 재단 이사장이 되면 시설 위치부터 옮길 거야. 뭐니, 이게. 정말. 진짜 재개발이 필요한 동네긴 하다, 얘."

최서연의 투덜거림도 잠시, 마침내 차가 요한의 집으로 들어섰다.

"그럼, 가 볼까."

최서연은 마지막으로 옷가지를 점검한 뒤, 에어컨을 빵빵하게 틀어 둔 차에서 땡볕이 내리쬐는 실외로 나오면서도 인상 한번 찌푸리지 않은 채 발걸음을 옮겼다.

그리고 저 멀리서 채소밭을 일구고 있는 원장에게 향하면서 최서연은 내게 슬쩍 물었다.

“저 사람이 원장이니?”

“네.”

“알았어.”

최서연은 원장에게 사뿐사뿐 다가가 공손히 인사를 건넸다.

“실례합니다.”

미리 방문 소식을 들은 원장이 앞치마에 흙 묻은 장갑을 찔러 넣으며 다가왔다.

“어서 오세요. 혹시…….”

원장의 시선을 받은 내가 그녀를 소개하기도 전, 최서연이 먼저 꾸벅 허리를 숙였다.

“처음 뵙겠습니다. 최서연이라고 합니다.”

어제 본 모습을 안 봤다면 나도 깜빡 속을 만한 연기였다.

‘하긴, 좋은 정치인이란 한편으론 훌륭한 배우이기도 하니까.’

원장은 잔잔한 미소로 최서연의 인사를 받았다.

“반갑습니다. 원장을 맡고 있는 소피아라고 해요.”

“아, 소피아라는 세례명을 쓰시는군요.”

최서연이 미소 띤 얼굴로 원장의 흙 묻은 손을 덥석 잡았

다.

"저희 대모님도 소피아라는 세례명을 쓰고 계시거든요. 그래서 원장님이 왠지 더 반갑네요."

진짜일까?

내 알 바는 아니지만.

"대모님……. 크리스천이십니까?"

"네. 오래 전 카타리나라는 이름을 받았습니다."

분명, 성당 세례명뿐만 아니라 법명도 있을 거다.

"자매님이셨군요."

최서연의 사근사근한 태도에 신자인 것까지 더해져 (아무리 미리 전화는 했다지만)그녀의 갑작스런 방문에 대한 원장의 경계심은 내가 보기에도 훅 누그러뜨려졌다.

"괜찮다면 카타리나라고 불러 주세요."

"알겠습니다, 카타리나 자매님."

원장이 나를 보았다.

"이성진 사장님도 어서 오세요."

"네. 너무 자주 찾아뵙는 건 아닌지 모르겠네요."

"아닙니다. 오히려 기쁘기 그지없습니다."

원장이 미소 띤 얼굴로 말을 이었다.

"아직 다른 분들은 안 오셨습니다만, 날씨가 더우니 안쪽에서 기다리시죠. 저도 곧 따라가겠습니다."

우리는 먼저 원장실로 향했다.

나는 복도를 걸으며 최서연에게 물었다.

"카타리나요?"

"왜, 놀랐니?"

"아뇨. 그냥, 법명은 뭔지 궁금해서요."

최서연이 피식 웃었다.

"덕원심."

역시나.

최서연이 담담히 말을 이었다.

"그래도 생각보다 천주교 색체는 옅어 보여서 다행이야."

"다행요?"

"특정 종교에 편향되면 안 좋거든."

최서연이 나를 향해 한쪽 눈을 찡긋했다.

"그래서 내가 세례명도 법명도 둘 다 갖고 있는 거지."

"……."

정치인이란.

우리가 원장실에 앉아 기다리는 사이, 곧 원장이 원장실로 들어왔다.

"죄송합니다. 오래 기다리셨죠."

"아니에요."

최서연은 이번에도 완벽한 미소를 지었다.

"성진이와 대화하며 기다리는 동안 시간 가는 줄 몰랐는걸요."

“그러시다니 다행이네요.”

결코 적지 않은 세월을 살아온 원장도 최서연의 위장에는 깜빡 속을 정도이니, 어쩌면 나도 그녀가 처음부터 가면을 쓰고 접근했더라면 그 모습에 깜빡 속지 않았을까.

원장은 자연스럽게, 마치 정해진 일과라도 되듯 포트에 물을 올리며 입을 뗐다.

“전화로 들었습니다만…… 카타리나 자매님께선 최갑철 의원님 따님이시라고요.”

“예, 그렇습니다.”

원장은 고개를 끄덕이곤 잠시 망설이다가, 선 채로 말했다.

“그리고 오늘은 강선이를 보러 오셨다고 들었습니다.”

원장의 말에 최서연은 씁쓸한 미소를 지었다.

“……네. 아무리 그래도 한 번은 그 아이를 만나 봐야 한다고 생각해서요. 그 사람이 남긴 핏줄이니 저도 남이란 생각은 들지 않아서…….”

얼씨구.

최서연이 말을 이었다.

“저를 속물적이라 생각하실지도 모르지만 그 사람, 사랑했거든요.”

절씨구.

오히려 표정 관리를 하느라 애쓰는 건 나인 듯했다.

최서연의 연기에 완벽히 속아 넘어간 원장은 고개를 저었다.

"아닙니다. 전혀 그렇지 않아요. 자매님도 아시겠지만 저희 가르침은 첫째도 둘째도 사랑이니까요."

"이해해 주셔서 감사드립니다."

나는 최서연에게 손수건이라도 꺼내 줄까 하다가 참았다.

최서연이 말을 이었다.

"하지만 원장님, 강선이 앞에서는 제가 누구라는 걸 비밀로 해 주셨으면 합니다."

"비밀로요?"

"네."

최서연이 멋쩍어하며 말했다.

"그걸로 다른 아이들이 차별 받는단 생각이라도 하면 상처가 될지도 모르니까요. 저도 사람인지라 다른 아이들보다 강선이에게 눈길이 더 갈 수밖에 없겠지만, 최대한 다른 아이들에게도 공평하게 대할 수 있도록 해 보려고요."

"……알겠습니다. 자매님이 바라신다면요."

"감사드립니다, 원장님."

"아뇨, 저도 간과하고 말았는걸요. 자매님께 배웠습니다."

나는 원장과 최서연의 화기애애한 대화를 들으며 괜히 엉덩이가 들썩거리려는 걸, 최서연이 다리를 꼬집어 주는 바람에 참아야 했다.

'빨리들 안 오나. 진짜.'

요한의 집에는 구봉팔보다 조세화가 더 일찍 도착했다.

나는 조세화가 먼저 온 것을 현 상황에 조금 유리한 방향으로 흘러갈 여지 중 하나라고 생각했다.

'구봉팔이 더 먼저 왔다면 우리가 미리 수작을 부리고 있다는 의심을 할 수 있거든.'

뭐, 설령 잠시 그렇게 생각한다 한들 큰 차이는 없겠지만.

우리는 조세화를 맞이하러 원장실을 나섰다.

"처음 뵙겠습니다. 조세화라고 해요."

"안녕. 네가 세화구나?"

내게 전화로 미리 최서연이 방문한단 이야기를 들었던 조세화였지만, 그녀는 최서연에게 데면데면한 모습을 보였다.

'어쨌거나 박상대의 죽음은 그녀의 부친인 조설훈의 결정과 무관하지 않은 일일 테니까.'

박상대가 궁지에 몰린 것도 따지고 보면 조설훈의 계략에 의한 것이었다.

조설훈은 김기환을 협박해 박상대의 스캔들을 폭로하도록 했고, 그 결과 궁지에 몰린 박상대는 자신의 정치 생명이 끝장났다는 것을 깨닫고 두문불출하다가 해외로 도피할 생각까지 했다.

그 과정에 택시 기사에 의해 강도 살해당한 건 박상대의 운명이겠지만, 만일 조설훈이 박상대를 지켜 주고자 했다면 그가 다른 결말을 맞이하는 가능성도 있었을 것이다.

'물론 따지고 보면 가장 큰 원인 제공자는 다름 아닌 나이긴 하지만.'

반면 최서연은 누군가를 처음 만나 사교적 멘트를 날리는 것이 익숙한 모습이었고, 이번에도 사교용 가면을 쓴 모습으로 조세화를 맞이했다.

조세화는 최서연의 태도에 당황한 모습이었지만 그것도 잠시. 조세화도 이내 그녀 나름대로의 대외용 이미지를 발휘하여 최서연을 대했다.

우리는 무더운 햇볕을 피해 원장이 미리 에어컨을 시원하게 틀어 둔 접객용 방으로 자리를 옮겼고, 원장은 마침 남자들 손이 필요한 일이 있는데 괜찮겠냐며 수행원들에게 양해를 구했다.

(수행원들 생각은 어떨지 모르겠지만)조세화나 최서연으로서는 사양할 까닭이 없는 부탁이었다.

조세화와 최서연의 승인하에 원장은 수행원들을 대동하고 잠시 성당으로 자리를 비웠다.

'원장도 일부러 자리를 마련해 준 거겠지.'

이후, 아이들도 없이 텅 빈 요한의 집에는 우리 셋만 남았다.

이 고요함이 어색한 침묵으로 이어지기 전, 조세화가 입을 뗐다.

"저, 최서연 씨……."

"언니라고 불러도 돼."

언니뻘이긴 한 건가.

"아, 네. 언니."

내 생각과는 달리 조세화는 흔쾌히 호칭을 정정해 말을 이었다.

"전화로 들었는데 성진이 말로는 새마음아동복지재단을 인수하려 하신다고요."

"응. 자세한 건 구봉팔 이사장님을 만나 뵙고 이야기를 나눠 봐야겠지만."

조세화는 힐끗 내 눈치를 살피며 제법 단도직입적으로 물었다.

"그건…… 여기 강선이가 재적해 있는 것과 무관하지 않은 결정이신가요?"

그 말에 최서연은 눈을 동그랗게 뜨더니 잔잔한 미소를 지었다.

"그렇지 않다고 말하면 거짓말이겠지. 어쨌건 그 사람 핏줄이긴 하니까."

"……."

"솔직히 말하면 관심도 가지만 조금 원망도 하고 있어. 애한테는 아무 죄도 없다는 건 나도 알지만…… 최대한 내색하지 않으려고."

남 앞에서 자신의 약점이나 흉한 모습을 살짝 드러내는 건, 상당히 전략적인 판단이다.

최서연의 속내를 눈치채지 못한 조세화가 조심스레 물었다.

"그런데도 강선이를 만나 보시려고요?"

"언제까지고 마냥 외면할 수도 없는 일이잖니."

최서연이 쓴웃음을 지었다.

"지금 그 아이에겐 도움을 줄 수 있는 어른이 필요하고, 따지고 보면 나도 생판 남은 아니잖아."

아니, 따지고 보면 생판 남 맞지 뭘.

하지만 조세화는 최서연의 말을 쓸쓸한 미소로 받을 뿐이었다.

"그렇군요."

최서연이 고개를 끄덕인 뒤 목소리를 살짝 낮췄다.

"그래도 그 애 앞에서는 언니가 어떤 사람인지 비밀로 해 줄래? 언젠가는 강선이도 내가 누구인지 알게 될 날이 오겠지만…… 그건 그 애가 지금의 현실을 받아들이고 난 뒤에 차근차근했으면 해서."

"네, 언니."

그 뒤 최서연은 내게 '화장실이 어디니?' 하고 묻곤 의도적으로 자리를 피했다.

'조세화가 자신에 대해 판단할 시간을 주는 거겠지.'

아니나 다를까, 최서연이 자리를 피하고 얼마 지나지 않아 조세화가 한숨을 내쉬며 내게 물었다.

"저 언니, 네가 보기에는 어때?"

"경영자로서?"

모른 척하고 물으니, 조세화는 직접적으로 덧붙였다.

"인간성."

거참, 노골적이군.

"거기에 대해선 나도 할 말이 없어."

나는 보란 듯 어깨를 으쓱였다.

"저 누나는 나도 어제 처음 봤거든."

"그래?"

내 말에 조세화는 조금 놀란 눈치였다.

아마 그녀는 내 말을 듣기 전까진 내가 최서연을 꽤 오래 전부터 알고 있었다고 판단한 모양이었다.

"그런 관계니 나도 저 누나를 가타부타 판단할 근거는 부족하지. 그런 의미에서 내가 저 누나를 어떻다 말할 입장은 아니라고 봐."

조세화가 고개를 끄덕였다.

"내가 보기엔 좋은 분 같아."

어디가?

잠시 망설이던 조세화가 내게 물었다.

"그런데 서연 언니가 재단 인수하는 거, 너는 괜찮을 거 같니?"

나는 보란 듯 잠시 생각하다가 대답했다.

"그야 알 수 없지. 하지만 최소한 재단을 나쁜 일에 쓰지는 않을 거 같다고 생각은 해."

"우리 오빠가 하던 것처럼?"

내가 조세화의 말을 어떻게 받아야 할지 당황한 찰나.

"농담이야."

조세화가 자조적으로 웃은 뒤 미소를 거뒀다.

"그래도 서연 언니, 아무것도 모르는 건 아니지?"

"……어떤 거?"

"재단이 그동안 어떻게 쓰였는가 하는 거."

나는 나를 진지한 얼굴로 보는 조세화의 시선을 피하지 않고 받았다.

"알고 있을 거야."

눈을 깜빡이는 조세화에게 나는 약간의 힌트를 주었다.

"저 누나가 어제 나한테 그러더라. 강선이의 유산에는 손을 대지 않겠다고."

"……."

"즉, 아무 조사도 없이 내게 접근했다는 건 아니란 의미지."

이 정도 내용 발설은 사전에 최서연과도 합의를 마친 일이었다.

"게다가 내가 저 누나라도 재단을 인수하는 건 나쁘지 않은 선택이라 계산했을 테니까."

"계산?"

"응. 이건 어디까지나 내 추측이긴 한데……. 아무리 그래도 갑자기 마냥 선의로 여길 콕 짚어 접근하지는 않았을 거 아니야? 심지어 약혼자의 사생아가 있는 곳인데."

"……그렇지."

"또, 너도 알다시피 박상대 씨는 부정을 저질러 온 사람이야. 어쩌면 박상대 씨에 대해 우리보다 더 잘 알고 있을지도 모르고. 아니, 분명 그렇겠지."

"……."

"나도 서연 누나의 인품에 대해선 모르니 구체적인 판단은 보류하겠지만, 합리적으로 생각했을 때 강선이를 자신의 손닿는 범위에 두는 편이 변수를 통제할 여지가 늘어난다고 봐."

생각에 잠긴 조세화가 고개를 들어 나를 보았다.

"……고작 그런 이유로?"

"뭐, 조금 품이 들기는 하겠지만 큰돈이 들어가지도 않잖아?"

다름 아닌 내가 후원하는 재단이니까.

나는 재차 말을 이었다.

"그리고 '고작 그런 이유' 운운할 일은 아니야. 강선이는 정치 스캔들의 중심에 서 있는 애고…… 이 일을 파고들고자 하는 기자라도 접근하게 되면 강선이에게도 상처가 될 거야."

"……."

"게다가 봐, 서연 누나 아버지는 너도 알다시피 최갑철 의원이잖아? 그러니 강선이가 있는 재단을 인수하는 건 보험도 되지만 한편으론 정치인으로서 대외 이미지 개선에 도움이 되는 일이기도 해."

내 말에 조세화는 눈살을 찌푸렸다.

"그러면 언니가 강선이의 입장을 정치적으로 이용한다는 의미니?"

"어디까지나 합리적으로 판단했을 때 그럴 가능성도 있다는 의미야. 어쩌면 이번 일도 오롯이 누나의 뜻이 아닌, 최갑철 의원이 시켜서 하고 있는 걸지도 모르고."

"……."

마냥 선의가 아닐 수도 있다는 내 말에 조세화는 불쾌해하기는 했지만, 누군가의 행동에 선의라고 하는 추상적이고 막연한 이유만 있는 것보단 그 일에 '이득'이 존재한다는 걸 알아 두면 차라리 더 믿음직스러운 법이다.

"그리고 이건 구봉팔 씨 입장에서도 나쁘지 않은 제안이기도 해.”

내 말에 조세화가 표정을 고쳤다.

“구봉팔 씨에게?”

“응. 구봉팔 씨도 어쩌다 보니 재단 이사장에 앉아 계시긴 하지만…… 지금은 새마음아동복지재단에 신경 쓸 겨를이 없는 것도 사실이잖아?”

조세화는 떨떠름해하는 얼굴로 고개를 끄덕였다.

“그야 그렇긴 하지…….”

조세화가 문득 생각났다는 듯 내게 물었다.

“성진이 너, 혹시 최근에 구봉팔 씨, 만난 적 있어?”

나는 태연히 거짓말을 했다.

“최근에는 없어.”

“……없다고?”

“응, 나도 오늘 만나면 오랜만에 뵙는 거거든. 마침 잘됐지 뭐야.”

“뭐가?”

나는 어조를 바꿔 대답했다.

“이 기회에 혹시 구봉팔 씨가 딴마음을 품고 있지는 않은가 확인해 봐야지.”

“…….”

“앞으로 할 일에는 구봉팔 씨의 도움이 필요하잖아? 하지만 만약 구봉팔 씨가 다른 생각을 하고 있다면, 그땐 우리 계획도 정정해야 할 테니까."

내가 구봉팔을 아주 신뢰하고 있지는 않단 말에 조세화가 진지한 얼굴로 고개를 끄덕였다.

"그러면 오늘 여기에 나를 부른 것도……."

"응. 겸사겸사. 내일 모임에 대한 이야기도 할 겸 해서. 올 수 있지?"

조세화가 머리칼을 귀 뒤로 넘겼다.

"물론이야. 새삼 말할 것도 없잖아?"

"그러면 됐고. 시간 맞춰서 갈게."

조세화는 팔짱을 끼고 생각에 잠겼다가 내게 툭하고 말을 건넸다.

"……저기, 있잖아, 성진아."

"왜?"

"이번 일은 너에게 무슨 이득이 있는 거야?"

조세화의 질문은 분명 다른 의도가 있는 질문이었다.

'생각해 보면, 나는 조세화에게 키다리 아저씨인 것처럼 좋은 일만을 해 주고 있지.'

그런 그녀가 이제 와서 새삼 내게 '이득'에 대해 묻는다는 건, 양상춘이 그녀에게 했던 말과 더불어 오늘 최서연의 행동에 대한 내 해석을 들은 것이 계기가 되었을 것이다.

'그리고 과연 최서연에게 재단을 넘기는 이번 의도를 간파하고 있을까?'

나는 대답했다.

"직접적으로 내게 와닿는 건 없지."

"……없다니?"

"굳이 따지자면 재단을 저 누나에게 넘기는 것으로 구봉팔 씨가 우리 일에 좀 더 집중해 줄 수 있다는 정도?"

"……."

"뭐, 나는 그것만 하더라도 충분하다고 보지만. 그래서 처음에는 내 쪽에서 삼광장학재단이랑 병합할까 생각도 했는데, 그보단 차라리 지금 상황이 더 잘됐다 싶어."

"왜?"

"왜긴, 삼광에서 인수해 버리면 유착이 너무 노골적이잖아. 차라리 서연 누나 쪽에서 인수한다면 남들도 의심이 덜하겠지. 피차 잘된 일이라고 생각해."

"……그러면……."

조세화는 내 말에 무언가를 말하려는 양 입술을 옴짝달싹했다.

그때, 바깥에서 고요를 깨트리는 엔진 소리가 들려 우리는 창밖으로 고개를 돌렸다.

"구봉팔 씨가 오셨나 봐."

조세화의 중얼거림 사이, 문이 열리며 화장실에 갔던 최서연이 방으로 돌아왔다.

타이밍 한번 기가 막히는군.

'분명 밖에서 엿듣고 있었겠지.'

뭐, 최서연이 도청기를 설치해 뒀다고 해도 무방한 이야기를 했으니 상관은 없지만.

"미안, 길을 좀 헤맸어."

조세화가 최서연을 돌아보았다.

"오셨어요."

"응. 구봉팔 이사장님도 오신 거 같은데, 원장님은 지금 안 계시지만 우리끼리 나가 볼까?"

우리는 밖으로 향했다.

구봉팔은 수행원을 일절 대동하지 않고 직접 차를 몰아 요한의 집으로 왔다.

그는 차에서 내려 우리를 발견하자마자 먼발치에서 허리를 굽혀 한 번, 우리에게 다가와서 고개를 숙여 다시 한 번 더 인사했다.

"안녕하십니까. 새마음아동복지재단 이사장인 구봉팔입니다."

구봉팔의 정중한 인사를 최서연이 미소로 받았다.

"처음 뵙겠습니다. 최서연이라고 해요."

그녀는 예의 대외용 가면을 쓴 청순한 얼굴로 구봉팔에게

인사했지만, 내 눈엔 어째 그 가면 아래 구봉팔을 향한 호기심이 듬뿍 묻어 있는 것처럼 보였다.

'하긴, 구봉팔이 최후에는 끈 떨어진 박상대를 보호해 주려던 사람이란 걸 내게 전해 들었으니, 대체 어떤 사람인지 궁금하긴 할 거야.'

하지만 구봉팔과 박상대 사이에 얽힌 악연에 대해 타인인 내가 왈가왈부할 일은 아니다.

'그걸 말하는 건 구봉팔 개인의 자유지. 뭐, 그러는 나도 원장에게 전해 들은 게 전부니 구체적인 건 잘 모르고.'

한편 업무 외적으론 별 사이가 아닌 조세화는 별다른 말없이 꾸벅 묵례만 했고, 구봉팔도 조세화의 데면데면한 태도에 별다른 반응을 하지 않았다.

'하긴, 뭐. 따지고 보면 조설훈도 구봉팔을 필요로 해서 조세화 파벌로 집어넣었을 뿐, 피차 별 사이 아니긴 해.'

내 생각이지만 아마 조세화가 구봉팔을 경계하는 것도 그런 것과 무관하지 않을 것이다.

여기선 그나마 구봉팔과 친분(?)이 있는 내가 상황을 주도하기로 했다.

"원장님은 잠시 자리를 비웠습니다만, 곧 오실 거 같으니 안쪽에서 기다리시죠."

"예, 사장님."

우리는 에어컨을 가동 중인 실내로 들어왔다.

"그러면."

구봉팔은 자리에 앉자마자 사무적인 어조로 용건을 꺼냈다.

"새마음아동복지재단을 인수하고자 하는 건 여기 계신 최서연 씨입니까."

"네."

그 뒤 구봉팔은 형식적인 서류와 각종 명세서를 최서연에게 건넸고, 최서연은 그걸 쭉 훑어보다가 고개를 들었다.

"이사장님께서는 요한의 집만을 수탁 운영 체결 하시는 건가요?"

"당장 재단 전체를 인계하는 건 상황상 어렵고, 세부 계약 이행은 추후 정화물산과 협의 후 진행할 예정입니다."

"아, 그렇죠. 정화물산."

새마음아동복지재단의 실질적 오너는 구봉팔이지만, 여기에는 정화물산도 명분상 지분이 섞여 있었다.

이는 본디 조광 측에서 재단을 통해 정화물산에서 나오는 후원금을 세탁하고 그들에게 각종 수주를 안겨다 주던 혜택이 아직껏 부산물처럼 서류에 남아 있었던 것이다.

"알겠어요."

최서연은 복사된 서류들에 각각 흔쾌히 서명을 한 뒤, 원본과 사본을 따로 챙겨 구봉팔과 이를 나눴다.

"그러면 이상으로 최서연 씨 본인에게 서류를 넘겨드렸습니다."

"감사합니다."

둘은 사무적으로 인사를 주고받았고, 잠자코 있던 조세화는 '이게 끝이야?' 하는 얼굴로 나를 보았다.

대답한 건 최서연이었다.

"이후엔 각종 행정절차를 밟아야지. 지금은 서류만 인계한 거야."

"아……. 그렇군요. 알려 주셔서 감사합니다."

최서연은 조세화에게 빙긋 웃어 보인 뒤, 서류를 파일에 끼워 책상에 올려 두었다.

"그러면 용건은 마친 것 같고…… 저는 시설 구경 좀 하다가 올게요. 이 기회에 눈에 익혀 둬야지, 아까도 조금 길을 헤맸거든요."

"안내해 드릴까요?"

구봉팔이 일어서자 최서연은 고개를 저었다.

"아니에요. 괜찮습니다. 나중에 원장님이 오시면 또 뵐게요."

그리고 최서연은 '일부러' 자리를 피해 주었다.

"……."

이만하면 최서연이 의도적으로 자리를 피해 주었다는 것쯤은 조세화도 눈치챘을 것이다.

조세화는 최서연이 나간 문을 물끄러미 쳐다보다가 고개

를 돌려 구봉팔을 보았다.

"오랜만이네요, 구봉팔 이사님. 장례식 때 뵙고 오늘이 처음이죠?"

"예, 그간 격조했습니다. 아가씨."

"아가씨는……. 그냥 편하게 하세요."

"……."

구봉팔은 조세화가 말한 '편하게 하라'는 말을 어떻게 받아들여야 할지 몰라 조금 당황한 눈치였다.

조세화가 싱긋 웃었다.

"반말하셔도 돼요."

"……."

"그래도 되잖아요? 따지고 보면 제가 이사님 고용주인 것도 아니고요."

말 속에 가시가 있다고 느낀 건 나뿐일까.

구봉팔은 마지못해 고개를 끄덕였다.

"그러마."

"진즉 이렇게 할 걸 그랬네요. 그동안 서로 경황이 없어서 뵙질 못했는데, 앞으로는 종종 만나 뵙기로 해요."

조세화가 의자에 등을 붙이더니 나를 보았다.

"아 참, 성진이는 잠시 언니 길 안내 좀 해 줄래?"

나를 쫓아낼 줄이야.

'뭐, 어느 정도 예상은 했다만.'

물론 그 방식이 별로 우아하지 않다고는 생각했지만, 그 노골적인 모습에 반박할 입장도 아닌 나는 별수 없이 자리에서 일어섰다.

"알았어, 그러면 나중에 보자."

"응."

내가 둘을 남겨 두고 복도로 나서자, 벽에 등을 기대고 있던 최서연이 나를 보았다.

"생각보다 빨리 쫓겨났네?"

"마치 그러길 기다리고 있었다는 듯 말씀하시네요."

"너도 따지고 보면 부외자니까. 조금만 생각해 봐도 알 수 있는 일이지."

최서연의 말에 나는 픽 웃었다.

"그것도 그러네요. 그러면 안내 좀 해 드릴까요?"

"부탁할게. 아, 화장실 위치는 잘 아니까 생략해도 돼."

나는 최서연과 함께 잠시 고아원 부지를 산책했다.

이성진이 방을 나선 뒤, 조세화는 잠시 뜸을 들였다가 입을 뗐다.

"죄송해요. 성진이가 없는 자리에서 몇 가지 여쭤보고 싶은 게 있었거든요."

"음."

구봉팔이 고개를 끄덕이는 걸 보며 조세화가 말을 이었다.

"우선, 새마음아동복지재단을 인계하는 건 전부 이야기가 끝난 건가요?"

조세화의 입에서 나온 말은 겸양도 사양도 빙 둘러 말하는 것도 없이 퍽 단도직입적이었다.

구봉팔은 그런 조세화를 보며 이성진이 그녀를 꽤 높이 평가하고 있는 까닭을 조금 알 것 같았다.

"그렇습니다."

"……."

"아니, 그래."

조세화의 시선에 구봉팔은 존칭을 반말로 고쳐 말을 이었다.

"어떻게 된 일인지는 여기 오기 전 이성진에게 전화로 들었다."

"그런 것치고는 상당히 갑작스러운 데다가 일이 빠르게 진행됐는걸요. 이사님도 아시겠지만 새마음아동복지재단은 재정 투명성이 높다고는 할 수 없지 않나요?"

"알고 있었나 보구나."

"제가 어리니까 아무것도 모를 거라고는 생각하지 말아 주세요."

조세화가 눈을 가늘게 떴다.

"이건 저희 집안 이야기이기도 하고…… 어쩌면 이사님이 알고 계시는 것보다 더 많은 걸 알고 있을지도 모르거든요."

"그렇게 들었다면 미안하군. 그런 의도로 한 말은 아니었다."

구봉팔이 말을 이었다.

"확실히, 새마음아동복지재단은 네 오라버니인 조세광이 관리할 때부터 사적 유용을 목적으로 운영되었지. 그러다 보니 이성진의 기부 후원은 조세광도 예상하지 못한 변수였고, 이후 일어난 일은 너도 그날 함께 있었으니 알 거다."

골프장에서 만났던 날 말이구나.

조세화가 고개를 저었다.

"아뇨, 당시에는 저도 오빠가 무슨 이유로 성진이를 보자고 한 줄 몰랐어요. 물론 지금은 오빠가 성진이한테 무슨 수작을 부리려 했는지 알고 있지만요."

"음."

"여담이지만 왠지 모든 이야기가 저를 없는 사람인 양 배제하고 진행되는 거 같아서 조금 불쾌하기는 해요."

마치 꾸중하는 것 같은 조세화의 말에 구봉팔이 당황했다.

"그건……."

"괜찮아요. 뭐, 남들도 그랬듯이 저도 제가 조광의 최대 주주가 될 거라고는 생각하지 못했으니까요."

속을 감출 줄 모르는 건 대체로 좋지 않은 화법이지만 이 정도로 강하게 나온다면 도리어 강점이기도 했다.

"그러면 성진이랑은 그날 처음 만났나요?"

"그래."

"……."

조세화는 구봉팔의 말에서 진위 여부를 파악하듯 그를 물끄러미 살피다가 입을 뗐다.

"골프장에서 만난 뒤에는 성진이랑 따로 만나기도 하셨죠?"

"그래. 이성진과는 재단 이사장이라는 내 직함 때문에라도 만날 일이 종종 있었지."

구봉팔은 잠시 뜸을 들였다가 말을 이었다.

"정확히 하자면, 직후 이성진이 나를 회사로 초대하였다."

"성진이가요?"

구봉팔이 고개를 끄덕였다.

이성진은 앞서 구봉팔에게 말하길, 만일 조세화가 자신과의 관계에 대해 묻거든 감추는 일 없이 대답하라고 했다.

딱히 사전에 그런 요청이 있어서라기보다, 구봉팔은 지금도 왠지 모르게 조세화 앞에서 거짓말을 하는 건 악수를 두는 일이라 생각했다.

'단, 얼마 전 따로 만난 일과 서로 협력 관계라는 것만큼은 비밀로 하라고 했었지.'

그러잖아도 이성진이나 조세화나 무슨 꿍꿍이속인지, 구

봉팔은 간파하기 힘든 마당에 다행인 지시였다.

본심을 감춘 수 싸움은 그가 좋아하지도, 잘하는 것도 아니었으니까.

가뜩이나 생각하던 것과 달리 조세화는 딱히 온실 속 화초도 아니었고, 이성진은 말할 것도 없다.

'요즘 애들은 다들 이런 건가.'

내심 징글징글하다고 생각하며, 구봉팔이 대답했다.

"그리고 이성진은 새마음아동복지재단이 어떻게 쓰이고 있었는지 알고 있더군."

"……네?"

조세화는 구봉팔의 말에 당황했다.

그건 구봉팔이 답한 내용이 상정 외여서가 아니라, 그 대답이 생각한 이상으로 솔직했기 때문이었다.

'……성진이랑 손잡고 있는 게 아니었어?'

그녀는 구봉팔이 이성진과 손을 맞잡고 있으리라 생각하고 있었는데, 구봉팔이 생각하던 것 이상으로 솔직하게 나오자 그녀의 선입견 섞인 판단이 잠시 흔들린 것이다.

당황한 것도 잠시, 냉정을 되찾은 조세화가 구봉팔을 지그시 쳐다보았다.

"그러면 즉, 성진이가 작년 연말 요한의 집에 후원을 한 것도 전부 의도적이었단 건가요?"

"그건 나도 모르지."

"……."

"솔직하게 답한 거다."

구봉팔이 말을 이었다.

"이성진이 그 이전에 알았는지, 이후에 조사를 해서 알게 되었는지는 나도 모른다. 요한의 집에 후원이 이루어진 것도 우연에 불과했을지 모르지. 내가 알기로도 SJ컴퍼니에는 요한의 집 출신이 몇 명 있고."

"……그랬죠."

"이름이 조인영이었댔나……. 아무튼 SJ컴퍼니에 입사한 뒤로도 종종 고아원을 찾아와 주었다더군. 이성진이 요한의 집에 연말 후원을 한 것도 그 차원에서 이루어진 일이라고 볼 여지가 있으니, 관련한 내 판단은 뒤로 빼고 말하는 거다."

구봉팔이 말을 이었다.

"관련해서 내 생각이 궁금하면 말하겠지만."

"……아뇨, 충분해요. 잘 알겠습니다."

조세화는 잠시 생각에 잠겼다가 고개를 들었다.

"혹시, 그때 무슨 이야기를 했는지도 말씀해 주실 수 있나요?"

"……내가 기억하는 한도에서는."

그 뒤, 구봉팔은 조세화에게 이성진에게 들었던 이야기를 풀어놓았다.

회계 조사 결과 새마음아동복지재단의 후원 업체인 정화물산의 수주 계약이 꾸준하게 이루어졌다는 점, 대성성당과 요한의 집 사이의 관계, 중학교를 졸업한 뒤엔 거리로 내몰리는 원생들을 위한 확장 시설 등등.

그러면서 이성진은 Y구에 건설 중인 요한의 집 확장 시설 시공사 선정에 '배려'를 해 주었다는 것까지 말했다.

조세화는 구봉팔의 이야기를 들으며 이성진이 '약삭빠르게' 뒷공작을 펼쳐 왔다는 걸 알게 되었지만, 그렇다고 그 행보에 대해 실망하지는 않았다.

'성진이도 아무런 이득 없이 이 일을 하지는 않았구나.'

오히려 이성진의 노림수대로, 이성진이 재단을 통해 '이익'을 얻으려고 했다는 것이 명확해지니 그녀는 차라리 목적이 단순해서 좋다는 생각마저 들었다.

한편, 구봉팔은 조세화에게 당시의 이야기를 하다가 퍼뜩 기억난 것이 있었다.

「조세화는 어때요?」

구봉팔이 조광의 어느 파벌에 줄을 서면 좋을지 이야기하던 와중 나온 이야기였다.

당시엔 구봉팔도 이성진이 무슨 괴상망측한 농담을 하는가 싶었지만, 지금 돌이켜보면.

'설마 이성진은 조세화가 조성광의 유산을 상속받으리란 걸, 그때 이미 알고 있었던 건가?'

실제로 상황은 그가 조세화의 편을 들게끔 흘러갔고, 당시 이도저도 아닌 재벌가 영애에 불과하던 조세화는 지금 명실상부 조광의 최대 주주로 거듭나 있었다.

'……만일 그런 이유에서 한 말이었다면…… 조금 소름이 끼치는군.'

구봉팔은 그렇게 생각하면서도, 생각한 바를 끄집어내지 않기로 했다.

조세화가 묻지 않은 걸 굳이 말해서 긁어 부스럼 만들 필요는 없으리란 그의 자의적 판단이었다.

"잘 알겠어요."

조세화가 고개를 끄덕였다.

그렇게 해서 조세화는 이성진에게 구봉팔을 끌어들임으로서 얻은 '일차원적인' 꿍꿍이속이 있었다는 건 알게 되었지만, 그럼에도 불구하고 줄곧 마음에 걸리는 것이 있었다.

"그러면 한 가지 더. 이번에는 조금 개인적인 걸 여쭙게 될 수도 있는데…… 괜찮을까요?"

"그렇게 묻는다는 건, 내가 답하지 않아도 되는 이야기란 의미인가?"

"예. 개인적으로는 되도록 솔직하게 답해 주셨으면 하는 바람이지만요."

그렇게 해석의 여지를 던진 뒤, 조세화가 말을 이었다.

"박상대 씨 일이에요."

박상대와 관련한 건 조세화에게도 민감한 문제였다.

그녀가 도청기를 통해 확인해 본 바, 조설훈과 조지훈은 쓸모가 없어진 박상대를 '제거'하고자 하였고, 결과적이라고는 하나 박상대는 언론에서 대대적으로 보도된 대로 사망하였다.

조세화는 그때 박상대를 해외로 빼돌리기 위해 기다리고 있던 것이 눈앞의 구봉팔이었다는 건 알지 못했지만, 그것과 별개로 박상대와 관련된 스캔들이 이 모든 사태의 시발점이자 일이 꼬이기 시작한 단초였다는 정도는 알았다.

더군다나 구봉팔이 이사장으로 있던 새마음아동복지재단의 자금이 해외로 송출되어 정순애에게 전해졌으니, 구봉팔이라면 여기에 대해 할 말이 있으리라 생각하고 던진 질문인 것이었다.

하지만 구봉팔은 앞서 조세화가 전제로 삼은 '개인적인 이야기'라는 것에서 그녀의 본의를 오해하였고, 무의식중에 드러난 그의 몹시 난처해하는 기색을 통해 조세화로 하여금 구봉팔이 박상대와 얽힌 일 일체를 알고 있다는 확신을 하게 만들었다.

"……그래."

구봉팔이 대답했다.

"박상대와는 개인적으로 아는 사이였지."

구봉팔의 말에 조세화가 당황했다.

"이사님이 박상대와 아는 사이였다고요?"

"음."

짧게 고개를 끄덕인 구봉팔은 잠시 뜸을 들였다가 다시 입을 뗐다.

"옛날 일이고, 나도 그와는 오랫동안 만나 보지 못했지만."

"……이사님만 괜찮다면 두 분 사이에 대해 들을 수 있을까요?"

"……."

곤혹스러워하며 머리를 긁적인 구봉팔은 흠, 하고 한숨을 내쉬었다.

"한때, 나는 요한의 집에 신세를 진 적이 있다."

구봉팔은 담담한 어조로 이야기를 풀어냈다.

자신이 한때 요한의 집에 재적해 있었다는 것, 그리고 D구 지역 유지의 아들인 박상대는 요한의 집에 자주 들렀다는 것.

그리고 백설희.

남들에게 일부러 드러내 밝힐 이야기는 아니지만, 구봉팔도 이제 와서 새삼 뭐 어떻겠느냔 생각에서 꺼낸 말이었다.

구봉팔의 이야기를 모두 들은 조세화는 무슨 말을 해야 할지 몰라 입을 다문 채였고, 그래서 구봉팔의 이야기가 끝나

고도 한동안 방 안에는 침묵이 맴돌았다.

"……그런 일이 있었군요."

조세화가 힘겹게 입을 뗐다.

"그래서 이사님께서는 이 사건이 있기 전부터 박상대 씨를 알고 계셨던 거고요."

"그렇지."

구봉팔은 부정하지 않았다.

"비록 그런 식으로 세상을 뜨고 말았지만, 박상대의 죽음은 그 누구도 바라지 않던 일이었다."

조세화는 구봉팔의 말에 멈칫했다.

'박상대의 죽음을 바란 사람이 없다고?'

만일 박상대가 택시 강도로 죽지 않았다고 한들, 조설훈의 사주에 의해 어떤 식으로든 최후를 맞이했으리라 생각하던 조세화는 구봉팔의 말에 위화감을 느꼈다.

"조금 더 자세히 알고 싶은데요."

"뭘?"

조세화가 신중히 말을 골라 물었다.

"이사님께선 만약 박상대 씨가 강도를 당해 죽지 않았더라면, 어떻게 되었을 거라고 보세요?"

구봉팔은 조세화를 물끄러미 보다가 대답했다.

"아마 해외로 도피해 이름을 숨긴 채 살아갔겠지."

"해외로 도피?"

"음. 이제 와서는 숨길 필요가 없는 이야기니까 하는 거다만, 조설훈 사장님과 조지훈 이사님은 박상대를 해외로 빼내고자 하셨다."

"……그걸 어떻게 아세요?"

"원래라면 그날 내가 박상대를 만나 배편을 알아봐 줄 예정이었으니까."

구봉팔의 말에 놀란 조세화가 눈을 깜빡였다.

"정말이에요?"

"……더 자세한 걸 알고 싶나? 네가 듣기에 유쾌한 일은 아닐지도 모른다."

구봉팔의 말은 조세화로 하여금 '망자(특히 그녀의 부친인 조설훈)의 치부를 들추는 일'이 될 수 있음을 경고하는 어조였다.

하지만 이미 조설훈이 사람을 죽였다는 것, 그것도 친동생을 살해했다는 것을 알고 있던 조세화는 더 나빠질 것도 없다는 양 딱딱한 얼굴로 고개를 끄덕였다.

"말씀해 주세요. 무슨 말씀을 하시려고 했나요?"

"좋다."

구봉팔이 고개를 끄덕였다.

"애당초 박상대가 실각하게 된 계기가 된 신문 기사 폭로는 네 부친이 사주한 일이었다."

"……예?"

조세화가 눈을 동그랗게 떴다.

"그러니까, 인터넷에 퍼진 그 기사 말씀인가요? 그게 아빠가, 아니, 아버지가 하신 일이라고요?"

"……너도 박상대가 정순애, 그러니까 박강선의 모친을 살해하였다는 건 알고 있을 것이다."

"……."

"그리고……."

구봉팔이 그다음 이야기를 이어 가지 못하고 저어하자 조세화는 단호한 얼굴로 입을 뗐다.

"……아버지가 정순애 씨의 시체를 처리하는 데 도움을 주었죠?"

"……."

"말씀드렸잖아요. 저도 웬만큼은 알아요."

"……그래."

구봉팔이 한숨을 내쉬었다.

"너도 알다시피 이후, 경찰에 의해 정순애의 시체가 발견되었고, 경찰의 수사망이 좁혀지기 시작했다. 그리고 궁지에 몰린 박상대는 조설훈 사장님에게 선을 넘는 요구를 해 댔지. 아마도 혼자만 죽지 않겠단 생각이었던 모양이다."

"……."

물론 조설훈도 당시엔 나름대로 최선을 다했다.

박상대에게 살해된 정순애의 당일 행적에 관해 증언을 할지 모를 양춘자를 수소문해 전국 각지를 찾아다녔고, 내통자인 배성준을 통해 경찰의 수사 전개를 전해 들었다.

하지만 경찰은 그들이 생각하는 것 이상으로 유능했다.

그들은 양춘자를 찾아냈을 뿐만 아니라 생각지 못한 행운까지 겹쳐 조설훈이 홧김에 던져 버린 반지를 찾아내 그 구매가 누구로부터 어디서 이루어졌는지도 알아냈다.

그렇게 각자가 최선을 다한 각고의 노력에도 불구하고 상황은 박상대에게 불리한 방향으로 흘러갔다.

더군다나 하필이면 시기가 공교로웠다.

조설훈 정도 되는 인물이라면 분명 박상대가 시체 훼손 및 유기 혐의로 조설훈을 물고 늘어지더라도 꼬리를 자르든지 총알받이를 세우든지 어렵지 않게 위기를 타파해 낼 수 있었을 것이다.

하지만 당시엔 조성광이 언제 죽을지 모르는, 말 그대로 오늘내일하던 상황이었다.

만일 이때 조성광이 덜컥 숨을 거둬 버리기라도 하면 조설훈의 승계 과정에는 문제가 불거질 수밖에 없고, 이는 조설훈이 바라는 바가 아니었다.

"그러면……."

조세화가 힘겹게 입을 뗐다.

"아버지는 어떻게든 박상대 씨가 입을 다물도록 할 필요가 있었겠군요."

"그래. 사장님께선 오히려 박상대를 궁지로 몰아붙여 그를 실각시키고자 하셨을 거다. 그래서 사장님께선 나를 시켜 도깨비 신문으로 하여금 박상대의 사생활을 폭로하도록 하셨지."

조세화 입장에선 일이 이상하게 되었다.

조세화는 도깨비 신문에서 박상대의 비위를 폭로한 것이 우연의 일치이거나 (혹시나)이성진이 사주한 것이 아닐까 생각하였는데, 정작 박상대를 궁지로 몰아넣은 것은 다름 아닌 조설훈의 음모였다.

게다가 당사자가 직접 그랬다고 하는데 뭘 어쩌겠는가.

심지어 구봉팔에게선 거짓말을 하고 있단 낌새조차 느껴지질 않았다.

"그러면 그 뒤…… 박상대 씨가 죽은 건."

"맞아. 우리는 박상대를 해외로 도피시켜 그가 달아난 것으로 사실상 한국 땅에 발을 붙이지 못하게 하는 것에 그치고자 했다. 하지만 너도 알다시피 박상대가 죽음으로서 상황은 오히려 언론의 주목을 받게 되었고, 상황은 지금에 이르렀다."

구봉팔의 말에 조세화는 씁쓸한 얼굴을 했다.

'그래서 박상대의 죽음은 그 누구도 바라지 않던 일이라는 거구나.'

구봉팔의 말대로 만일 박상대가 해외로 도피하는 것으로 결론이 났다면, (경찰 수사에 따라 박상대가 인터폴에 수배되기는 할지언

정)지금처럼 시끄러워지지는 않았을 것이다.

동시에 조세화는 묘한 안도감을 느꼈다.

'그렇다면 이건, 성진이는 아빠의 죽음과 무관하다는 이야기가 아닐까?'

아직 생각이 미처 언어로 정리되지 않았지만 조세화는 직감적으로 이 일에 이성진이 무관하단 생각을 떠올리게 되었다.

그도 그럴 것이 박상대의 스캔들 폭로가 조설훈이 의도해 벌어진 일이라면 이는 조설훈이 (딸로서 생각하고 싶진 않은 비유지만)제 무덤을 판 결과인 것이지, 다른 누군가가 조설훈을 공격하고자 한 결과가 아닌 것이다.

'양상춘 박사를 만나 봐야겠어.'

개인적으로 호감이 가는 인물은 아니지만, 그라면 이 상황을 정리할 수 있는 논리를 펼쳐 주지 않을까.

'게다가 내게 말하지 않은 다른 정보가 있을지도 모르고.'

구봉팔은 조세화의 묘하게 후련한 듯한 모습을 보며 의아해했고, 눈치가 빠른 조세화는 그런 구봉팔의 모습에 얼버무리듯 말을 이었다.

"아무것도 아니에요. 그러면 상황이 지금에 이른 건 어디까지나 우연의 일치였단 거군요."

"……."

우연의 일치는 아니지.

구봉팔은 속으로 생각했다.

박상대의 생물학적 죽음만을 놓고 본다면 '우연'으로 치부할 수도 있겠으나, 그가 죽음에 이른 과정은 분명 의도와 계획이 공존하는 일이었다.

'심지어…… 이성진이 정순애를 한국으로 불러들인 것도.'

물론 정순애를 살해한 건 박상대의 죄이며, 결코 이성진이 의도한 바가 아니다.

모두가 상황에 맞춰 자신의 이득을 따져 박상대를 궁지로 몰아넣고자 하였고, 박상대는 자신이 저지른 죗값을 치름에 각자가 큰 그림을 그린 인물들의 손아귀에서 놀아났다.

'뭐, 이성진이 박상대의 죽음을 바란 적 없다고 한 것도 조설훈을 견제하겠다는 이유에서였고.'

조세화가 고개를 끄덕였다.

"아무튼 이사님께서 하신 말씀은 잘 알겠어요. 남에게 들려주기 어려운 이야기일 텐데, 들려주셔서 감사합니다."

"……아니다. 따지고 보면 너도 무관한 이야기는 아니니까."

조세화가 쓴웃음을 지었다.

"네, 이 일은 저희만 아는 걸로……. 아, 혹시 성진이도 알고 있나요?"

"어떤?"

"이사님이 박상대 씨와 친구였다는 거랑 요한의 집 출신이

셨다는 거요."

조세화는 조금 곤혹스러워하며 말을 이었다.

"만일 모르고 최서연 씨를 이사님께 소개한 거라면…… 제 생각이지만 이사님께서는 생판 남이나 다름없는 최서연 씨에게 요한의 집을 넘기는 것이 내키지 않으실 거 같아서요."

"……."

그녀 앞에서 솔직한 모습을 보여 줬기에 그런 걸까, 아니면 모종의 공범 의식이 경계를 누그러트린 걸까, 그새 구봉팔을 바라보는 조세화의 시선이 꽤 호의적으로 변했다.

그래서 조세화도 친한 사람에게만 드러내는 상냥함을 발휘해 구봉팔을 배려하려는 것일 터.

그런 조세화의 마음을 눈치챈 구봉팔은 내심 당황하며 그녀의 말을 받았다.

"이성진에게는 말하지 않았다."

"……그러셨군요."

거짓말은 아니었다.

구봉팔도 자신의 과거사를 이성진에게 '직접' 털어놓은 적은 없었으므로.

'원장에게 전해들은 눈치긴 하지만.'

설령 그게 아니더라도 이성진은 자신과 만나기 전 미리 뒷조사를 통해 구봉팔의 과거가 어땠는지 얼추 알고 있었다.

한편 조세화는 구봉팔이 이성진과 거리를 두고 자신에게

만 비밀을 실토한 것이 내심 흡족했다.

어쨌거나 이는 구봉팔이 이성진이 아닌, 자신의 사람이라는 간접증거이기도 한 일이니까.

구봉팔이 말을 이었다.

"아무튼 그 일은 신경 쓸 거 없다. 어차피 나도 제대로 된 이사장은 아니었고……. 저 최서연이라는 여자도 고아원을 허투루 관리하지는 않을 테니까."

"……그럴까요?"

명색이 최갑철의 딸이니 마냥 선의로만 하는 일은 아니겠지만, 그래도.

"나쁜 사람은 아닌 것 같았고."

"그렇겠죠. 성진이도 있고요."

둘은 최서연이 쓴 가면에 깜빡 속아 그런 말을 한 거겠지만, 그렇다 한들 그 추측이 잘못된 것만은 아니었다.

최서연 입장에선 요한의 집을 조세광이 했듯 비자금 조성 목적으로 운영한다면 득보다 실이 더 많을 테니까.

"아, 그러고 보니까 최서연 씨는 최갑철 의원님의 따님이죠?"

"그렇게 들었다."

"그렇다는 건 최갑철 의원님도 박상대 씨를 나쁘게 보지 않았거나…… 용서한다는 이야기겠네요."

이젠 구봉팔을 상대로 스스럼없이 개인 의견을 개진하며

자신의 생각을 말하는 것으로 보아, 조세화는 구봉팔을 신뢰하기 시작한 모양이었다.

하지만 그때, 구봉팔은 조세화의 말에서 모종의 위화감을 느낀 듯 물었다.

"……용서?"

구봉팔의 의도를 눈치채지 못한 조세화가 미소 띤 얼굴로 말을 이었다.

"네. 사실, 따지고 보면 최갑철 의원님이나 최서연 씨는 아무것도 모르다가 난데없이 날벼락을 맞은 셈이니까요."

"……."

"강선이가 있는 요한의 집을 인수한다는 건 그런 이유에서일 거고, 분명 이번 일에 최갑철 의원님의 의사도 개입해 있을 거라고 생각해요."

"……."

구봉팔은 섣불리 대답하지 않았다.

'……용서라니.'

과연, 최갑철은 이번 일과 완전히 무관한, 박상대에게 속아 넘어갔을 뿐인 피해자에 불과한 것일까.

그럴 리가.

최갑철은 이미 박상대의 과거가 어땠는지, 그에게 사생아가 있었다는 것을 다 알고 있던 인물이다.

'최갑철은 박상대의 기사를 검열한 장본인이니까.'

그러니 최갑철 역시도 박상대를 손절하고자 했다면 얼마든지 할 수 있는 인물인 것이다.

'혹시 여기에 단순히 정치인의 이미지 개선 작업이 아닌, 다른 이유가 숨어 있는 것이라면?'

깜빡 잊기 십상이지만, 사건은 현재진행형이었다.

조설훈을 죽인 범인은 오리무중이었고, 심지어 마치 앉아서 천 리를 내다보는 것 같던 이성진조차 조설훈을 살해한 범인의 정체를 알지 못하는 모양이었다.

'……공교롭다면 공교로운 일인데.'

구봉팔은 잠시 생각에 잠겼다.

지금 그녀에게 구봉팔 자신이 추후 진행될 SJ컴퍼니와의 협업에 도움을 요구하는 건 부차적인 것에 불과하다.

조세화가 자신을 따로 불러 박상대와 관련한 이야기를 듣는 건, 단순한 호기심 해결이 아닌 조설훈의 죽음과 관련한 진실을 밝히기 위함일 것이 분명했다.

그리고 구봉팔은 조세화와 나눈 대화에서 혹시 사건의 배후에 최갑철이 개입해 있는 것은 아닌가, 하고 생각했다.

안 그래도 조설훈을 살해한 진범에 대해선 구봉팔도 신경을 쓰고 있던 차였다.

하지만 그건 구봉팔이 조설훈이나 조세화에게 연민을 느꼈기 때문은 결코 아니었다.

구봉팔은 이성진도 알지 못하는 살인범이 언젠가 그들의

발목을 붙잡을지도 모른다는 직관적인 껄끄러움이 그로 하여금 진범의 정체에 촉각을 곤두세우게 했다.

'하지만 그렇다고 여기서 내가 이성진이 들려준 조설훈의 죽음에 얽힌 일을 말하는 것도……. 난처하군. 차라리 조세화도 이성진이 범인이 아닌 걸 알게 되면 녀석에게 협력을 요청할 텐데.'

하지만 그건 구봉팔의 착각이었다.

이성진에게 마음이 있는 조세화는 설령 이성진이 범인이 아님을 알게 된다 하더라도 그녀의 부친이 저지른 존속살인의 죄 때문에라도 진정으로 마음을 터놓고 상담할 처지가 아니었다.

어쨌거나 구봉팔은 여기에서 조세화에게 자신이 생각한 바를 슬쩍 알려 줘야 하지 않을까 고민하며, 그걸 어떻게 전달해야 자연스러울지 골머리를 싸맸다.

'조세화는 이성진이 김기환을 통해 정순애를 끌어들인 걸 알고 있을까?'

조세화는 '웬만큼 안다'고 주장하고 있었지만, 그 '웬만큼'이 어느 정도인지 구봉팔로서는 감이 오질 않았기에 그도 신중해질 수밖에 없었다.

조세화가 관련해 물었다면 모를까, 묻지도 않은 이야기를 일부러 꺼내는 건 긁어 부스럼 만드는 일일지도 모르니까.

한편 조세화는 생각에 잠긴 구봉팔을 바라보며 그 침묵이 조금 길다고 생각했다.

'대체 무슨 생각을 이렇게 골똘히 하는 거지?'

구봉팔이 다시 입을 뗀 건, 조세화가 여기서 무슨 말이라도 해야 하는지, 아니면 이쯤해서 자리를 파해야 할지 고민하고 있을 때였다.

"이걸 용서의 의미로 받아들여야 할지, 나는 잘 모르겠군."

조세화가 고개를 갸웃했다.

"그게 무슨 말씀이세요?"

"나는 정치에 대해 잘 모르지만."

구봉팔이 말을 이었다.

"보통 이런 일은 가만히 내버려 두고 지나가길 기다리는 것이 더 현명한 일이 아닐까 해서."

"……."

"그도 그럴 것이, 최갑철은 지금껏 박상대와 관련한 일에는 자신의 견해를 일체 밝히지 않았다."

조세화가 고개를 끄덕였다.

"그랬죠. 차라리 칩거를 선택할 정도로요."

이 시대에 '실은 숨겨 둔 자식이 있었다'는 정도는 그렇게까지 큰 스캔들이 아니다.

그러니 최갑철 또한 중우일보를 검열할 당시만 하더라도 박상대에게 지역구 자리를 빼앗고 한동안 자숙을 명하는 정도에서 그칠 수 있었다.

하지만 살인은 전혀 다른 차원의 이야기였다.

박상대가 정순애, 그것도 과거의 내연녀를 죽였을지도 모른다는—그리고 사실상 확정 요소인—정보는 암만 최갑철이라도 비호해 주기 힘든 중범죄인 것이다.

그래서 최갑철이 선택한 전략은 '코끼리를 언급하지 않는 것'이었다.

최갑철은 박상대가 저지른 각종 비리와 범죄가 자신과 무관한 일이며 그를 아예 없는 사람 취급하는 노선을 택했다.

그러니 방금 전 조세화와 구봉팔은 '박상대의 죽음은 그 누구도 바라지 않는 일'이었음을 이야기했지만, 어쩌면 최갑철에게만큼은 그 죽음이 호재였을지도 모른다.

박상대와 일체의 연결 고리를 끊고자 하는 최갑철의 현재 전략에 대상의 영원한 침묵을 보장받을 수 있다면 그건 그것대로 나쁘지 않은 이야기니까.

"그러면 최갑철은 강선이가 있는 요한의 집을 최서연이 인수하는 걸 어떻게 생각할 것 같나?"

"예? 그야…… 사람들에게 용서와 화해의 의미로……."

대답을 이어 가던 조세화는 방금 전 스스로 말한 일에 모순을 깨닫곤 말끝을 흐렸다.

그 모습에 구봉팔이 고개를 끄덕였다.

"그래. 이를 대외적으로 알린다면 지금껏 취해 온 무시하기 전략과 정반대가 되지."

"……."

"아까 세화 너는 최서연이 서류에 서명하는 걸 보고 '이게 끝이냐'고 했는데, 보통 이런 일에는 후원자를 모으기 위해서라도 대대적인 홍보를 하게 되기 마련이다. 하지만 내 눈에도 최서연은 이 일을 조용히 묻어 가려는 것처럼 보였지."

이 일에 '무해해 보이는' 최서연을 끌어들이는 것이 구봉팔도 썩 내키지는 않았지만, 어차피 오늘 처음 본 사이에 불과했고, 심지어는 앞으로도 몇 번이나 볼지 모를 사이였다.

조세화가 눈을 가늘게 떴다.

"그렇다는 건, 그분이 요한의 집을 인수하는 건 정치적 선전 용도가 아니란 의미인가요?"

"그럴지도 모른다는 거다. 그리고 정치적 선전에 이번 일을 쓰지 않겠다면…… 어째서 요한의 집을 인수하려는 것인지 나는 잘 모르겠군."

"……."

잠시 입을 꾹 다물었던 조세화가 힘주어 말했다.

"……만약 다른 이유를 찾는다면, 강선이를 눈 닿는 곳에 두고자 함이겠죠."

조세화의 사고는 구봉팔이 의도한 방향으로 흘러가기 시작했다.

"이사님, 이사님께서 저번에 도깨비 신문에 기사 협조를 요청하셨다는 게 생각나서 여쭙고 싶은 게 있는데요."

조세화가 말을 이었다.

"당시 그 기사를 검열한 건, 최갑철 의원이었나요?"

"……."

드디어 조세화가 미끼를 물었다.

"그래."

구봉팔이 고개를 끄덕였다.

"도깨비 신문의 김기환 기자가 중우일보에 재직 중이던 당시, 최갑철 의원은 박상대의 사생아와 관련한 기사가 나가는 걸 막았다."

"……."

그 일로 이성진과 최갑철이 운락정에서 만났고, 급기야 그 자리에 이휘철 회장과 웬 노인까지 동행했지만 구봉팔은 일부러 말을 아꼈다.

더욱이 그녀에게는 구봉팔이 김기환과 안면이 있다는 여지를 남겨 두었으니 그가 이 일을 어떻게 알게 되었는지는 조세화가 해석하기 나름인 것이다.

조세화는 아랫입술을 꾹 깨물었다.

"그러면……."

조세화는 저도 모르게 '혹시 아버지가 죽은 건' 하고 말하려다가 간신히 입을 다물었다.

"……알겠어요."

조세화가 꾹 눌러 참은 말을 이었다.

"알려 주셔서 감사드립니다."

"아니다."

구봉팔이 가볍게 고개를 저었다.

"내가 아는 걸 물어보았으니 나는 대답했을 뿐이지."

조세화는 이제 이성진을 용의선상에서 배제하고 활시위를 최갑철에게 향하리라.

이제 사태는 일개(?) 중견기업 사장이 아닌 정치 거물이 개입되었을지 모른다는 것으로 나아가 해당 사안은 불에 기름을 부은 듯 더 크게 번지고 말겠지만, 구봉팔은 이번 사태의 배후에 최갑철이 개입해 있을지도 모른다는 생각을 하고 있었다.

'평범한 인간이 조설훈을 총으로 쏘아 죽이고 경찰에게 입막음을 시킬 수 있을 리 없지.'

애당초 거물이 개입해 있을 사건이다.

이로서 조세화가 최갑철을 의심해 준다면 그들로 하여금 최소한 견제는 될 것이다.

그때, 똑똑 노크 소리가 들렸다.

그제야 조세화는 구봉팔과 '잠시' 나눈 대화가 생각보다 길었음을 자각하며 대답했다.

"예."

달각 문이 열리며 이성진과 최서연을 대동한 원장이 모습을 드러냈다.

"죄송합니다, 이사장님. 오셨는데 마중을 못 했습니다. 성당에 있느라……."

"아닙니다, 원장님. 신경 쓰지 마십시오."

구봉팔은 원장에게 깍듯한 모습이었는데, 구봉팔의 과거사를 알게 된 조세화는 그 모습이 왠지 마음에 걸렸다.

한편 이성진은 씁쓸해하는 얼굴로 원장을 바라보는 조세화를 살피며, 구봉팔이 그녀에게 자신의 과거사를 털어놓았음을 눈치챘다.

'흠, 과연 어디까지 이야기했을지.'

이성진의 시선을 눈치챈 조세화가 샐룩한 얼굴로 그를 보았다.

"왜?"

"아니야. 무슨 이야기를 했을지 궁금해서."

"몰라도 돼."

조세화는 새침하게 말하곤 내심 아차 싶어 이성진을 힐끔 훔쳐보았지만, 이성진은 그러거나 말거나 하는 얼굴이어서 괜스레 화가 났다.

'나한테 아무 관심도 없다는 거야, 뭐야.'

그리고 그게 괜한 심술이라는 건 그녀 자신이 누구보다 더 잘 알았다.

'……나도 마음이 놓인 걸까.'

이성진이 조설훈을 살해한 배후일지도 모른다는 의심을

하고 있을 때는 그와 함께 있는 것이 불편했는데, 그게 아닐지도 모른다는 가능성이 생기자마자 이러니, 그녀는 사람 마음이란 참 간사하다고 생각했다.

조세화는 그런 자신의 속내를 감추려는 양 일부러 말을 붙였다.

"언니랑 산책은 어땠니?"

"아주 샅샅이 둘러보았지."

이성진이 어깨를 으쓱이며 최서연을 보았다.

"애들이 담벼락 구석에 낙서해 둔 것도 발견했죠?"

"응. 그랬지."

최서연이 웃었다.

"역시 어디에 있어도 애들은 애들이구나, 하고 생각했어."

구봉팔과 두런두런 대화를 나누던 원장이 최서연을 보며 쓴웃음을 지었다.

"나중에 어디 낙서가 있는지 말씀해 주세요."

"네, 원장님."

그사이 대화의 주도권은 자연스레 원장에게 넘어왔고, 원장은 벽에 걸린 시계를 보며 다시 말했다.

"이제 슬슬 아이들이 돌아올 때군요. 괜찮으시다면 얼굴이라도 보고 가시겠어요?"

"아, 네."

최서연이 대답했다.

"다만, 제가 누구라는 건 비밀로 해 주시겠어요?"

"네? 모처럼 와 주셨으니 아이들에게 새로운 대표님을 소개해 주려 했는데요."

원장의 말에 최서연이 쓴웃음을 지었다.

"당분간 아이들이 몰라도 될 일은 모르도록 해도 된다고 생각하거든요. 그리고 만에 하나 제가 누구라는 걸 강선이가 알게 되면 상처가 될지도 모르고요."

얼핏 들으면 배려 깊은 대답이라며 고개를 끄덕일 법했지만, 방금 전 구봉팔의 이야기를 들어서일까.

'역시, 저 여자는 이번 일을 남에게 알리고 싶어 하지 않는 거야.'

조세화는 자신을 드러내지 않으려는 최서연을 보며 내심 방금 전 이야기에 확신을 더했다.

그게 최서연의 뜻인지, 최갑철이 시킨 일을 수행할 뿐인지는 알 수 없지만.

조세화의 곁에 선 이성진은 최서연을 바라보는 그녀의 눈길을 보며 턱을 긁적였다.

'흠, 설마 최서연이 쓴 가면을 눈치챘나?'

이성진이 여자의 감이란 무섭군, 하고 생각하고 있는데, 조세화가 이성진의 소매를 슬쩍 당겼다.

"잠깐 나 좀 볼 수 있어?"

"응?"

이성진은 최서연과 원장이 이쪽을 보고 있지 않다는 걸 확인하며 짧게 고개를 끄덕였다.

"나중에."

"……응. 고마워."

조세화가 웅얼거리듯 덧붙였다.

"그리고 미안."

"……."

이성진은 '뭐가 미안한데?' 하고 묻지 않고 가만히, 이번에도 또래 사이에서는 보기 힘든 미소로 말을 대신했다.

'정말이지…….'

조세화는 괜히 고개를 확 돌려 창밖을 향했다.

'의심해서 미안하다는 말을 하고 싶었는데.'

조성광의 가르침을 받아 온 그녀는 어려서부터 자신이 무슨 생각을 하는지 남들이 알게 하지 않는 훈련을 해 왔다.

그 표정 훈련 덕인지 조세화의 얼굴과 연기에는 또래들도 깜빡 속았고, 심지어 어른들도 속을 정도였다.

그래서 응당 자신의 마음이 이성진에게 들키지 않았으리라 생각하는 한편, 솔직하게 나서지 못하는 자신의 마음도 그 때문이라 여겼다.

'……그래, 아직은.'

처음 보았을 땐 그냥 잘생긴 남자애 정도로만 생각했지만 어느 순간부터인가 이성진은 줄곧 그녀의 눈에 들어오기 시작했고, 심지어는 잠자리에 들기 직전에도 생각나기에 이르렀다.

이성진은 분명 남들과 다르다.

그건 이성진의 비범한 집안이 아닌, 또래 남자애들에게서는 볼 수 없는 어른스러운 태도와 한발 앞서가는 사고에서 드러났다.

결국 깨닫고 보니 애정 없는 부모를 대신해 그나마 속내를 터놓을 수 있던 오빠도 구치소로 들어간 지금, 그녀가 가장 의지할 수 있는 대상도 이성진이 되어 있었다.

그래서일까, 이성진을 향한 그녀의 신뢰감은 한 바퀴 빙 둘러 제자리로 돌아오면서 예전보다 더 굳건해졌다.

이제 조세화는 이성진이 무슨 말을 하건, 판단에 앞서 그의 의견을 우선하게 될 것이었다.

2장

이후 얼마 지나지 않아 오늘의 방과 후 교실 프로그램을 마친 아이들이 보육원 전용 버스를 타고 일제히 하교했다.

여기엔 아직 정식으로 전학 수속을 밟지 않은 박강선도 포함되어 있었는데, 이는 혼자 보육원에 남을 것을 우려한 원장이 (해당 학군에 방과 후 교실 프로그램 선행 학교로 선정한 영향력을 사용해) 학교 측에 '배려'를 구한 것과 무관하지 않았다.

마침 D구는 방학 동안 초등학교에 입학하기 전인 미취학 아동들까지 떠맡아 케어해 주고 있었으므로 여기에 박강선 하나가 더 낀다 한들 없는 자리를 만드는 수고로움을 감내할 필요도 없었다.

게다가 D구에는 이 지역 유지였던 박상대의 영향이 아직 남아 있어서, 사생아라고는 하나 그 가문의 일원이라고 할 수 있는 박강선이 이런 약간의 편의를 제공받는 것에 불만을 표하는 사람은 없다시피 했다.

어쨌거나 최서연과 구봉팔은 우르르 버스에서 내리는 아이들 집단에서 어렵지 않게 박강선을 찾아낼 수 있었다.

제아무리 이목구비의 성장이 채 갖춰지지 않은 어린아이라고는 하나, 박강선의 얼굴 생김에선 어딘지 모르게 박상대를 떠올리게 하는 요소가 있었다.

“저 아이인가 보네요.”

최서연이 소리 낮춰 속삭인 말에 원장은 고개를 끄덕인 뒤, 앞으로 나서며 아이들을 맞이했다.

그 또래들에 비해서도 보육원 아이들은 조숙한 편이었다.

아이들은 잠시 ‘여기 평소 못 보던 어른이 있다’는 것에 경계와 의구심을 표했지만, 개중 머리가 조금 굵은 아이들은 저만치에서 묵묵히 서 있는 구봉팔을 알아보곤 알아서 애들에게 귀띔을 하는 등 어렵지 않게 상황을 통제했다.

둘 사이에 끼어 있던 원장이 사라지고 나니, 최서연과 구봉팔은 자연스레 나란히 선 모습이 됐다.

최서연은 최서연대로, 여기 오기 전까지만 하더라도 ‘박강선과 어떻게 하면 친해질 수 있을지’를 이성진과 상의했음에도 막상 아이들이 우르르 몰려나오는 모습을 보니 질색하며 그럴 생각이 사라진 상태였다.

'……나는 애들이 싫어.'

최서연은 그녀의 조카도 별로 좋아하지 않는데 하물며 생판 남이랴.

그래서 당초 계획했던 것과는 달리 쉬이 발길이 떨어지지 않은 최서연은 힐끗, 곁에 선 구봉팔을 쳐다보곤 차라리 잘됐다고 생각하며 담담히 입을 뗐다.

"이사장님도 강선이는 처음 보시나 봐요?"

박강선을 눈으로 좇고 있던 구봉팔은 조금 당황하며 고개를 돌렸다.

"예? 아, 그렇습니다."

"후후, 제 생각이지만…… 이사장님도 강선이가 조금 신경 쓰이시나 봐요."

무슨 의도로 한 말일까, 구봉팔은 내심 그녀를 경계하며 대답했다.

"그렇기는 합니다만 강선이도 여기 들어온 지 얼마 되지 않았으니 적응을 잘하고 있는지 궁금해서요."

구봉팔은 자신을 물끄러미 쳐다보는 최서연의 시선을 의식하며 덧붙였다.

"들으니까 그 전에도 잠시 요한의 집에서 지낸 시간이 있었다더군요. 그래서인지는 몰라도 아이들과 겉도는 일 없이 부쩍 잘 어울리는 것 같습니다."

"그랬나요?"

몰라서 묻는 건지, 아니면 대화의 물꼬를 이어 가기 위해서인지.

후자라면 조금 귀찮아질 것 같다고 생각하며 구봉팔이 고개를 끄덕였다.

"예. 그러니까 그 아이의 모친이……."

자연스레 대답을 이어 가려던 구봉팔은 내심 아차 하며 말끝을 흐렸다.

하지만 최서연은 다 안다는 듯 구봉팔이 생략한 말을 대신해서 받았다.

"정순애 씨가 실종되고 나서 말씀이죠?"

최서연의 직접적인 태도에 구봉팔은 내심 당황하며 속내를 내색하지 않으려 애써야 했다.

"……그렇습니다."

"신경 쓰지 마세요."

최서연은 구봉팔을 향해 빙긋 미소를 지었다.

"저도 박상대 씨가 어떤 일을 했는지 정도는 알고 있으니까요."

"……."

"어떻게 생각해도 좋은 일은 아니었죠. 평소에도 이따금 충동적인 경향을 보이기는 했지만 그렇게 극단적인 선택을 할 정도로 심각했는지는 몰랐는데……. 이제라도 알아서 다행인 걸지도 모르겠네요."

그 말에서 구봉팔은 어딘지 뒤틀린 자조마저 느꼈지만, 구봉팔은 더 파고들지 않았다.

"……심심한 위로를 전합니다."

"신경 써 주실 거 없다니까요."

최서연이 웃었다.

"저는 괜찮아요. 다 지난 일이니까요."

과연 말처럼 다 지나간 일이라고 생각할까.

구봉팔은 대화가 트인 김에 물었다.

"저희끼리 하는 이야기이니, 한 가지 물어봐도 되겠습니까?"

"말씀하세요."

"……최서연 씨가 재단을 인수하는 건, 박강선과 무관하지 않은 일입니까?"

최서연은 구봉팔의 말에 잠시 입을 다물고 있다가 쓴웃음을 지었다.

"……없다면 거짓말이죠."

"……."

"오해는 하지 마세요. 저는 어디까지나 강선이가 엇나가지 않고 잘 자라 줬으면 하는 바람뿐이거든요."

최서연이 쓴웃음을 지은 채 말을 이었다.

"그리고 그게 도리라고 생각했어요."

도리.

그렇게 말하는 최서연의 말에는 위선적인 낌새라고는 전혀 느껴지질 않았지만, 어째서인지는 몰라도 구봉팔은 최서연의 말을 곧이곧대로 받아들이기 힘들었다.

목적이 추상적일수록 거기에는 감추는 것이 있기 마련이라는, 구봉팔이 그다지 적지 않은 세월을 살아오며 익힌 경험이었다.

"그렇군요."

그래서 구봉팔은 그 막연함에 대해 긍정하는 것으로 침묵을 대신했다.

최서연이 구봉팔을 힐끗 살피며 덧붙였다.

"섣불리 동정하는 것도 그 아이에게 미안한 일이지만 안됐잖아요. 어머니에 이어 아버지까지 그렇게 되었으니…… 그나마 주위에선 제가 그 아이와 인연이 있다면 있는 몸이니까 그래야 하지 않을까 하고 생각했어요. 그렇다고 제가 잘난 사람이라는 의미는 아니니까, 오해하지는 마세요."

"아닙니다."

구봉팔은 최서연이 자신의 내심 께름칙해하는 속내를 읽어 낸 듯한 기분을 느꼈다.

"말씀하신 건 존경할 만한 이유라고 생각합니다."

"그렇게 생각해 주신다니 감사드려요."

최서연이 말을 이었다.

"조금 속물적인 이야기를 하자면…… 저는 저 아이가 상속

받은 상대 씨의 유산에 손 댈 생각은 전혀 없어요. 오히려 제가 그런 허튼짓을 했다간 저 아이의 친척들이 가만있지 않을 걸요."

최서연이 방금 한 말은 방금 전 도리를 들먹였을 때보다 더 합리적이었다.

"아 참, Y구에 요한의 집 확장 시설을 짓고 계신다고 들었어요."

그 말에 구봉팔은 화제가 전환된 걸 반기며 고개를 끄덕였다.

"예. 해당 시설도 요한의 집에 포함되어 있으니 넘겨드리겠습니다."

"감사합니다. 괜찮다면 나중에 안내를 부탁드려도 될까요?"

"물론입니다."

흔쾌히 대답한 구봉팔은 잠시 망설이다가 조심스레 입을 뗐다.

"그런데…… 최서연 씨께서 이제 요한의 집을 관리하실 예정이니 드리는 말씀입니다만, 해당 부지에서 사고가 있었습니다."

매도 먼저 맞는 게 낫다고, 어차피 조금만 조사해 보면 나올 일이라 고백한 구봉팔도 차마 '소소한 사고'라는 말은 하지 못했다.

"사고라니요?"

"……듣기 조금 거북스러우실 수도 있습니다만 부지에서 총기 사고가 있었습니다."

그 말에 최서연이 눈을 동그랗게 떴다.

"총기 사고?"

"……예. 아, 재판만 앞두고 있는 사건인 데다가 장소도 언론에 공개된 적 없으니 크게 신경 쓰실 필요는 없습니다만, 혹시나 알아 두시란 의미에서."

"그렇군요."

구봉팔은 고개를 주억거리는 최서연의 눈이 잠깐 빛나는 것처럼 보였다.

"정확히 어떻게 된 일인가요?"

"저도 정확히는 모릅니다만."

구봉팔은 최서연에게 Y구 요한의 집 확장 공사 부지에서 '총기 오발 사고'가 있었으며, 그 일로 자신이 경찰 조사를 받은 것까지 말했다.

"……그때 부지 담당은 저였으니, 혹시라도 경찰이 찾아오면 놀라지 말고 저를 불러 주십시오."

"그러면…… 그럴게요. 말씀해 주셔서 고마워요."

"아닙니다. 당연히 말해야 하는 건데 오히려 늦게 말씀드려 죄송합니다."

"신경 쓰지 마세요. ……아, 혹시 나중에 나쁜 사람들이 찾아와 해코지를 하지는 않겠죠?"

"그럴 일 없습니다."

단호히 말한 구봉팔은 너무 확신에 찬 것도 어딘지 수상하다고 스스로 생각하며 얼버무리듯 덧붙였다.

"제가 알아보니 이미 수사도 종결되었고, 혹시 나중에 경찰이 찾더라도 단순 참조 목적일 테니 말입니다."

"아뇨, 조금 놀랐을 뿐이에요. 저 그런 쪽은 잘 몰라서……."

최서연이 수줍게 웃었다.

"만일 의지해야 할 일이 생기면 그땐 이사장님께 연락드리겠습니다."

"……예, 맡겨 두십시오."

만약 이성진이 이 자리에 있었다면 최서연을 향해 '팜프파탈'이라며 혀를 내둘렀겠지만, 이성진은 조세화와 함께 아이들에게 휩쓸려 어디론가 사라지고 없었다.

이성진도 개인적으로 아이들을 그리 좋아하지는 않았지만 아이들은 어째 이성진에게 호감을 느끼고 있었고, 마침 비슷한 또래라는 걸 알고 깨닫고 난 뒤엔 더 심하게 엉겨 붙으며 함께 놀자는 권유를 하고는 했다.

그렇게 아이들은 저마다 뛰어 노느라 요한의 집을 왁자지껄 떠들어 대며 돌아다녔고, 슬금슬금 눈치를 보던 아이들 중 콧물을 줄줄 흘리는 어린아이 하나가 다가와 최서연을 물끄러미 쳐다보았다.

그 시선을 모른 척하기 힘들었던 최서연은 구봉팔에게 더 캐묻고 싶었던 걸 묻지 못하고, (대외 이미지 관리를 위해)하는 수 없이 자세를 낮춰 아이를 보았다.

"안녕, 무슨 일이니?"

"……."

"이름이 뭐야?"

"……아줌마 예쁘다."

아니, 아직 시집도 안 간 처녀더러 아줌마라니.

최서연은 표정을 관리하느라 미소를 더욱 짙게 지었다.

"아줌마가 아니라 누나야. 누나라고 해 볼래?"

"……아줌마 맞는데요?"

"……."

그쯤해서 허겁지겁 양춘자가 최서연에게 다가와 고개를 꾸벅 숙였다.

"죄송합니다! 강호야, 저기 형아들 있는 데 가서 놀자."

"네. 선생님. 아줌마 아저씨 바이바이."

양춘자가 최서연과 구봉팔을 향해 쓴웃음을 지었다.

"말씀 나누시는 중에 실례했습니다."

"아니에요."

최서연이 미소로 양춘자의 말을 받았다.

"저, 아이들 좋아하거든요."

"네……."

양춘자는 원장에게 언질을 들었던 터라, 이 두 사람이 누구인가 하는 것쯤은 알고 있었다.

'애당초 여기는 왜 찾아와선.'

짐작이야 갔다.

'강선이를 어떻게 해 보려는 거겠지.'

정순애의 살아생전 지인이던 양춘자는 내심 박상대의 약혼자인 최서연이 불편했고, 심지어 그녀가 요한의 집을 인수할 예정이라는 것이 더욱 불편했다.

그래서 가능하면 그녀와 상관하지 않으려 했지만, 손을 떠난 꼬마가 폐(?)를 끼치려 하는 것까지 내버려 둘 수는 없었기에 하는 수 없이 인사를 하게 된 것인데…….

'가까이서 보니 더 미인이네. 박상대가 순애를 버리고 붙을만도 해.'

말이야 바른 말이라고, 정순애는 딱히 미모가 빼어나다거나 애교가 많은 성격은 아니었다.

'박상대 눈에 콩깍지가 씐 것뿐이지.'

심지어 눈앞의 최서연은 미인일 뿐만 아니라 집안까지 빵빵하다는데, 어디 상대나 되겠냐고, 양춘자는 내심 생각하던 차였다.

'게다가 보이는 것과 달리 실은 여우같은 여자인데 말이야.'

그간 많은 사람과 부대끼며 살아온 양춘자는 최서연이 가면을 쓰고 있다는 것 정도는 꿰뚫어 보고 있었다.

사실 양춘자는 구봉팔을 만나는 것도 불편하긴 마찬가지였다.

들리는 소문에 의하면 조폭이나 다름없는 사람이라고 했는데, 실제로 보니 그 소문이 과장이 아니라는 걸 알게 하는 외모였다.

'위험한 부류야. 되도록 어울리지 않는 편이 좋겠어…… 응?'

두 사람에게 얼른 인사를 하고 몸을 돌린 양춘자는 순간적으로 멈칫했다.

'……저 구봉팔이란 사람, 어디서 본 거 같은데.'

손님으로 온 적이 있었나?

'그건 아니고.'

구봉팔이 손님으로 그녀를 만난 적이 있다면, 양춘자가 못 알아볼 리가 없다.

'어디서 보기는 했는데, 그게 어디였는지…….'

양춘자는 고개를 갸우뚱하며 아이들 손을 잡고 자리를 옮겼다.

실제로 구봉팔과 면식이 있다는 생각은 그녀의 착각이 아니었다.

언젠가 조설훈이 양춘자의 신변을 확보하려 할 때 구봉팔은 이성진의 명령으로 양춘자를 감시했고, 그녀는 구봉팔을 먼발치서 스치듯 본 적이 있었다.

그리고 구봉팔을 통해 자신이 감시당하는 중이라는 걸 깨달은 양춘자는 그 직후 고향으로 달아났던 것이다.

이후 양춘자가 구봉팔을 언제 어디서 보았는지 깨달은 건, 그들 모두가 돌아가고 난 뒤 아이들 저녁을 차릴 때쯤이었다.

그날 저녁 무렵 조세화는 양상춘과 강하윤에게 연락해 그들을 소집했다.

이번 모임은 저녁 시간인 것에 맞춰 저번에 만났던 호텔 2층 양식당에서 모였는데, 조세화는 양상춘의 '저번에 내가 말했던 2층 양식집을 예약했군' 하는 말에 기분이 불쾌해졌다.

"그러고 보니까 그때 그런 말씀도 하셨네요."

조세화가 떨떠름해하는 얼굴로 물 잔을 내려놓았다.

"저는 어디까지나 저녁 시간이니 겸사겸사 자리를 마련한 것에 불과하지만요."

"그랬군."

"네. 그러니까 괜한 오해는 하지 마세요."

조세화는 진심으로 말했지만 양상춘은 그런 그녀의 모습을 내숭이라 여기는 모양인지 싱글벙글 웃는 얼굴이었다.

"아무튼 세화가 우리를 먼저 만나자고 했으니, 무언가 새로운 단서라도 모은 모양이군."

"그런 셈이죠."

양상춘이 빙긋 웃으며 옆자리의 강하윤을 보았다.

“그거 공교로운데. 마침 우리 강 형사도 정보를 모아 온 모양이거든. 강 형사?”

양상춘의 말에 강하윤은 테이블에 놓인 빵에 버터를 바르다 말고 고개를 들었다.

“예?”

“허기가 졌다는 건 알겠지만, 일단은 대화에 집중해 주지 않겠나.”

“……네.”

밥 먹을 땐 개도 안 건드린다고 했는데.

강하윤은 마지못해 빵을 내려놓았다.

“그럼, 세화가 우리를 호출한 본론으로 들어가기 전 애피타이저부터 시작하지. 강 형사가 알아낸 내용 먼저 들려주겠나?”

“……그러면 제가 먼저 이야기하겠습니다.”

양상춘의 말에 강하윤은 떨떠름해하던 표정을 고친 뒤 말을 이었다.

“저는 오늘 석동출 형사 및 김보성 검사를 만났습니다.”

석동출에 김보성이라.

확실히, 광수대에 소속된 강하윤이기에 만날 수 있는 사람들이었다.

강하윤은 의식적으로 조세화 앞에서 여진환의 존재를 감추며, 먼저 석동출과 만났던 이야기를 꺼냈다.

우선은 석동출(에게 들은 여진환)이 말하길, 사건이 있었던 날 그가 배성준 형사와 만났다는 이야기를 꺼냈다.

"음, 과연."

양상춘이 고개를 끄덕였다.

"배성준 형사에게 당시 총이 두 정 이상 있었을 거란 내 짐작이 맞았군."

자화자찬하는 양상춘이 내심 아니꼬웠지만, 강하윤은 일단 고개를 끄덕였다.

"……예. 그리고 배성준 형사는 석동출 형사에게 SJ컴퍼니와 도깨비 신문의 관계에 대해 조사해 달라는 말을 했다더군요."

"도깨비 신문이라. 하긴 도깨비 신문은 SJ컴퍼니의 투자로 설립된 곳이지."

강하윤의 말과 양상춘의 중얼거림을 들으며 조세화는 무어라 콕 짚어 말하기 힘든 위화감을 느꼈지만, 그걸 파악하기도 전 양상춘이 말을 이었다.

"그나저나 석동출 형사도 꽤 솔직해졌군. 얼마 전까지 위증을 한 인물이라고는 생각하기 힘들 정도야."

"예에, 뭐……."

정확히는 강하윤도 여진환이 따로 알아낸 걸 전달하고 있을 뿐이지만, 그녀도 조세화 앞에서는 말을 아끼기로 했으니 여진환의 존재에 대해 얼버무렸다.

"그리고 저는 이후 김보성 검사님을 만나 조언을 구했습니다. 검사님 말씀으로는……."

강하윤은 김보성이 말한, '이익에 초점을 두고 본다면 이성진에게는 그럴 이유가 없다'는 내용을 기억나는 대로 두 사람에게 전달했다.

"……그래서 검사님은 성진이가 이번 일을 획책했으리라 보지 않는다고 하셨습니다."

강하윤은 김보성의 말을 양상춘이 주장하는 '이성진 배후설'을 반박할 근거로 충분하다고 보았다.

애당초 이 일에 이성진이 개입되어 있으리라는 양상춘의 주장에 계기가 되었던 것도, 이 일로 가장 큰 이득을 얻을 인물이 이성진이기 때문이 아니던가.

하지만 김보성의 말에 의하면 이성진이 조설훈을 제거하는 건 그에게 딱히 이득이 될 일이 아니라는 것이었으니.

'사실상 양상춘 박사님의 의견을 정면에서 반박하는 이야기가 되지.'

한편 조세화는 검사를 만나 조언을 구했다는 강하윤의 말에 다소 심기가 불편한 기색이었다.

그도 그럴 것이, 김보성은 조세광을 기소한 검사였으니까.

그래서 조세화는 충동적으로 '이러다가 세상 사람 모두가 이 사건을 알게 되겠군요' 하고 비아냥거리려다가 양상춘이 입을 떼는 바람에 관뒀다.

"흠, 들으니 김 검사도 사건이 어딘가 미심쩍단 생각을 하기는 한 모양이군."

"예. 결말이 지나치게 깔끔한 것 같다고…… 그렇게 말씀하셨습니다."

강하윤은 말하던 와중 조세화가 있단 걸 깨닫곤 아차 싶었지만, 조세화는 별다른 반응 없이 덤덤한 얼굴이었다.

양상춘이 고개를 돌려 조세화를 보았다.

물론, 그는 다른 사람이 불편해하건 말건 상관하지 않는 인물이었으므로 철저히 용건에만 집중했다.

"이거 참, 애피타이저치고는 소화하기 힘든 내용이었어. 그렇다면 관련해 세화에게 물어보지. 자네 조부님의 유언 내용은 김보성 검사의 말처럼 철저히 비밀에 부쳐졌나?"

"……제가 알기로는 그래요."

조세화가 대답했다.

"게다가 상식적으로, 숙부님이나 아버지가 그 내용을 알았다면 그 전에 다른 조치를 취하지 않았을까요?"

조세화의 표독스러운 말에 양상춘은 반박하지 않고 고개를 끄덕였다.

"그도 그렇군."

"그러니까요. 하물며 가족들도 모르는 내용을 성진이가 알고 있었을 리가 없고요."

"……아니지. 이성진은 그 내용을 알 기회가 있었네. 애당초 자네 조부님의 병실에서 도청기를 입수한 것이 이성진이지 않나?"

잠시 뜸을 들인 조세화가 입매를 비틀었다.

"그럴 리 없어요."

"왜?"

"그 도청기 내용은 저도 들어 보았거든요."

"……."

"도청기 속 할아버지는 말씀하시는 것도 힘겨워 보였어요. 그러니까 할아버지가 성진이에게 그런 내용을 말했을 리는 없어요."

조세화의 말에 양상춘이 눈을 가늘게 떴다.

"그래, 그리고 그건 박길태 품에 있던 도청기였겠군."

"그렇죠. 시기상."

그 담담한 긍정을 들으며, 양상춘은 잠시 생각에 잠겼다.

결국 박길태의 품속에 들어 있던 해당 카세트테이프는 훼손이 심각해 복원할 수 없었다.

양상춘이 물었다.

"혹시, 도청기 속 내용이 뭐였는지, 알 수 있을까?"

"들어도 의미 없을걸요."

조세화가 어깨를 으쓱였다.

"내용은 그게 전부거든요. 할아버지가 성진이에게 도청기를 맡긴 거. 그 외에 다른 건 소리가 뭉개져서 뭐라고 하는지도 모르고요. 오빠도 그 자리에서 말했어요. 별거 없다고."

"……."

실제 당일 녹취본에는 조설훈에게 꽤 위태로울 수 있는 내용이 들어 있었고, 이성진이 조세광에게 줄 때는 의도적으로 해당 부분을 뭉갠 사본을 들려주었다.

그리고 조세화는 조세광이 자리를 떠난 뒤, 이성진이 들려준 '원본'을 들어 보았다.

조세화도 이제 와서 깨닫는 것이지만, 조설훈이 전화로 말한 내용은 실제로 그에게 불리한 방향으로 적용될 것들이었다.

'결국 당시 아빠가 통화로 누굴 그렇게 찾으라 명령하셨는지는 모르겠지만.'

중요한 건, 그 시점에선 조설훈도 이미 박상대와 관계를 끊어 낼 생각을 하고 있었단 점이었다.

'구봉팔 이사님이 말한…… 언론을 통해 박상대를 궁지로 몰아넣고 그를 해외로 출국시키는 거겠지.'

그리고 이성진은 조세화로 하여금 이 '원본'을 가지고 조지훈과 조설훈 두 사람과 협상을 하게끔 종용했다.

'그러면서 이 갈등을 해소할 근본적인 방법으로 회사를 오너 경영이 아닌 전문 경영인 체제로 전환해야 한다고 말했지.'

아마, 조세광이 박길태를 살해하지만 않았더라면, 그렇게 되었을지 모른다.

아니.

지금 상황은 많은 희생과 상당히 먼 길을 돌아, 당시 이성진이 말했던 상황과 비슷한 상황에 이르러 있었다.

거기까지 생각한 조세화는 순간적으로 몸에 소름이 돋는 걸 느꼈지만, 애써 생각을 부인했다.

'우연이야.'

이성진이 그럴 리 없다.

만약 오늘 구봉팔을 만나 이성진이 이 일과 무관하다는 확신이 없었더라면 조세화도 이번 발상을 집중적으로 탐구해 들어갔겠지만, 지금 그녀는 떠오른 생각을 부정하는 방안을 택했다.

조세화는 물을 벌컥벌컥 마신 뒤, 물 잔을 내려놓았다.

"이제 아시겠죠? 어차피 그때도 중요한 건 내용물이 아니라 도청기의 존재 그 자체였으니까요."

"……."

양상춘이 입을 뗐다.

"그날, 이성진이 너희에게 준 건 원본이었나?"

"……왜요?"

"혹시 이성진이 너희들에게 도청기를 전달하면서, 의도적으로 내용물에 편집을 가하지는 않았는가 하는 거지. 마침 SJ 컴퍼니는 음반 제작 시설에도 연이 닿아 있으니 방법은 어렵

지 않다고 보는데.”

양상춘은 예리하게 사안의 맹점을 파고들었다.

아마 그때 조세광에게 양상춘 정도의 신중함이 있었더라면, 사안은 다른 방향으로 흘러갔을 것이다.

그때, 강하윤이 끼어들었다.

“박사님도 그만하십시오.”

“응?”

“그런 식으로 밑도 끝도 없이 따지고 들어가기 시작하면 정말 애먼 사람도 범인으로 몰아갈 수 있겠습니다.”

“아니, 나는 어디까지나…….”

“그리고 조성광 회장님이 성진이에게 유언 내용을 말씀하실 까닭도 없지 않습니까? 상식적으로 말입니다.”

“…….”

“게다가.”

강하윤이 고개를 돌려 조세화를 보았다.

“세화는 그날 자리를 오래 비웠니?”

“……아뇨. 제가 자리를 비운 건 꽃병에 물을 갈 정도의 시간뿐이에요.”

실제로는 남몰래 눈물을 닦느라 평소보다 조금 더 오래 걸렸지만.

강하윤이 양상춘을 보았다.

“그것 보십시오. 조성광 회장님에겐 성진이에게 도청기를 건넬 시간 정도밖에 없지 않았습니까."

이거 참, 여기 내 편이라고는 없군.

양상춘이 머리를 긁적였다.

"알았네. 추궁은 그쯤 해 두지. 방금 그건 나도 과했다고 반성 중이네."

"그러시다니 다행입니다."

양상춘에게 한 차례 더 쏘아붙인 강하윤이 미소 띤 얼굴로 조세화를 보았다.

"박사님 저러시는 것도 하루 이틀이니? 그러니까 신경 쓰지 마."

"아……. 네."

어째 저번에 봤을 때와 달리 강하윤은 양상춘 다루는 법을 어느 정도 숙지한 모양이었다.

'저 사람, 강하게 밀어붙이면 약해지는 유형이구나.'

뭐, 어차피 양상춘과 더 엮이고 싶지 않은 조세화가 알 바는 아니지만.

강하윤이 말을 이었다.

"아무튼, 요 며칠 제가 알아낸 바는 이 정도입니다."

실제로는 이것보다 더 많은 걸 알아냈고, 여진환이 공개하지 않은 정보까지 더할 수도 있었겠으나.

그녀는 여진환까지 이 일에 관여하고 있다는 건 조세화에게 함구해 두자고 양상춘과 사전에 입을 맞춰 둔 상태였다.

"그러면 이제 제 차례군요."

조세화가 입을 떼자마자 마침—이번에도 웨이터를 대신해—조세화의 수행원이 스프 그릇을 날랐다.

수행원이 VIP룸을 나서자 조세화가 다시 입을 뗐다.

"저는 오늘……. 아, 식기 전에 드세요. 아무튼 저는 오늘 요한의 집에 다녀왔습니다."

양상춘이 스프에 후추를 한가득 뿌리다 말고 물었다.

"요한의 집? 무슨 일 있었나?"

"……마침 이야기하려던 참이었어요."

조세화는 양상춘이 몇 번씩 후추를 뿌려 대는 걸 멀거니 쳐다보며 말을 이었다.

"요한의 집을 양도하게 되었거든요."

"……양도?"

강하윤이 스프를 먹다 말고 눈을 동그랗게 떴다.

"무슨 이야기니?"

"그것도 이제 이야기하려고요. 앞으로 요한의 집은 최서연 씨라고…… 최갑철 의원의 따님 되시는 분이 도맡아 경영하게 될 겁니다."

최갑철 의원이 여기서 언급될 줄이야.

이는 강하윤뿐만 아니라 양상춘도 전혀 예상하지 못한 바였다.

조세화는 두 사람이 놀란 걸 인지한 채로—실제로 그녀 역시도 이성진에게 통보를 받곤 꽤 놀랐다—말을 이었다.

구봉팔이 이사장으로 있는 새마음아동복지재단을 최서연이 인수하고자 하는 것, 그리고 최서연은 우선 요한의 집을 먼저 인수한다는 내용 등.

"오늘 이미 서류에 서명은 마쳤고, 이후 별도의 행정적 절차를 밟고 난 뒤엔 최서연 씨가 요한의 집을 경영하게 됩니다."

조세화의 말을 들으며 강하윤과 양상춘은 어디서부터 이 일을 지적해야 할지 몰라 난감한 기색이었다.

먼저 입을 뗀 건 강하윤이었다.

"그러면 구봉팔 씨는 이제 요한의 집 경영에 간섭하지 않는 거니?"

"그렇게 되겠죠."

양상춘이 끼어들었다.

"그건 구봉팔의 자의적 판단인가? 아니면……."

"제가 듣기로 최서연 씨는 성진이에게 먼저 접촉을 했다나 봐요. 저희를 그 자리에 모은 것도 성진이었고요."

양상춘은 수프 그릇을 뒤적여 까맣게 뿌린 후추를 섞었다.

"상당히 정치적이군."

"정치적이라니, 무슨 말씀입니까?"

강하윤이 고개를 갸웃하며 물은 말에 양상춘이 덤덤한 얼굴로 대답했다.

"다른 곳도 아니고, 요한의 집을 콕 짚어 인수한다는 건 박상대의 행적과 무관하지 않다는 걸세. 하물며 최……서연이라고 했나, 박상대의 약혼자였던 인물이 박상대의 사생아가 있는 고아원에 접근한 건 이를 대외적으로 알려 이미지 개선을 꾀하고자 하는 노림수가 있는 것일 테야."

조세화가 고개를 저어 양상춘의 말을 부정했다.

"그건 아닐 거예요."

"무슨 의미지?"

조세화는 구봉팔의 말을 인용해 양상춘에게 들려주었다.

"제가 알기로 최갑철 의원 측은 박상대와 관련해 아무런 언급도 하지 않았고, 차라리 이 일이 조용히 묻히길 바라던 게 아닐까 해서요. 게다가 이 일은 상당히 조용하게 진행되고 있고요."

조세화의 말에 양상춘이 턱을 긁적였다.

"듣고 보니 그럴듯하군. 하지만 그런 이유라면, 최갑철 의원의 딸은 어째서 요한의 집을 인수하고자 하는 건지 도통 감이 오질 않는데."

강하윤이 끼어들었다.

"사랑 아닙니까?"

"……사랑?"

마치 난데없이 무슨 욕설을 듣기라도 한 양 얼떨떨한 표정으로 자신을 보는 양상춘의 시선에 강하윤은 공연히 얼굴이

화끈 달아오르는 기분을 느꼈다.

"그, 어쨌거나 한때 결혼을 약속한 사이였지 않습니까. 게다가 강선이는 그 박상대 씨가 남긴 마지막 혈육이고 말입니다. 그러니까……."

"최서연의 행동 양태가 비합리성에 근거했다는 자네의 견해는 잠시 접어 두기로 하지."

딱 잘라 말한 양상춘은 다시 고개를 돌려 조세화를 보았다.

"세화는 그 사람을 만나 보았겠군. 자네가 보기에 최서연이란 사람은 어땠나?"

한편 조세화 역시도 요한의 집을 인수하려는 최서연의 동기를 '용서'라고 생각했기에 가슴 한구석이 뜨끔했지만.

'저런 사람이니 사안을 다른 관점으로 봐 줄지도 모르겠어.'

조세화는 잠시 생각하다가 대답했다.

"좋은 사람이던데요."

"좋은 사람?"

"네. 남자들이 좋아하는 청순가련형 미인이기도 하고요."

"편견이네. 남성 집단의 성향을 함부로 일반화하지 말아 줬으면 싶군."

그 말을 들으며 강하윤은 '양상춘 박사님은 청순가련형이 취향이 아닌 모양' 하고 딴생각을 했다.

양상춘이 말을 이었다.

“아무튼 세화가 최서연이라는 인물에 대해선 피상적으로밖에 파악하고 있지 않다는 정도는 알겠네.”

말을 해도 꼭.

하지만 한편으론, 최서연을 직접 만나 보지 않은 양상춘이기에 그녀에 대해 편견 없이 객관적으로 바라볼 수 있었다.

“혹시 박강선의 유산이 탐이 났던 건?”

“……그럴 리가요. 심지어 다른 사람도 아니고 무려 여당 총수인 최갑철 의원의 따님 되시는 분이잖아요?”

“정치인과 재벌의 공통점은 만족을 모른다는 것에 있지. 세화도 명색이 재벌가 소속이니 잘 알지 않나?”

양상춘의 말에 반박하려던 조세화는 이내 그게 딱히 틀린 말이 아님을 깨닫곤 입을 꾹 다물었다.

그사이 조세화의 대답을 기다리며 수프를 한 입 떠먹은 양상춘은 그녀가 대답하지 않는다는 걸 깨닫곤 다시 입을 뗐다.

“나로서는 제법 그럴듯하다고 보는데. 애당초 최서연을 요한의 집에 데리고 와서 세화나 구봉팔에게 소개한 것도 이성진이고, 마침 이성진은 박상대의 유산을 관리하고 있지. 둘 사이에 관련해서 모종의 협약이 이루어진 것이라면 충분히 의심해 봄 직하다고 보네.”

양상춘이 덧붙였다.

"더군다나 박상대는 대대로 D구 지역 유지였던 가문의 일원이고, 실제로 그 영향력을 지난 총선에 사용하려 했지. 결국 후보직을 내려놓기는 했지만 이번에 여당의 약세 지역인 D구를 가져올 수 있었던 건 박상대에게 남은 영향력의 영향이 아니겠는가. 하물며 최갑철은 그걸 그 누구보다 잘 알았던 인물일 것이고, 평생 최갑철의 정치 활동을 보고 자랐을 최서연도 그걸 전혀 모르지는 않았을 걸세."

"……."

"실제로 D구의 도로를 낀 알짜배기 땅은 박상대 소유이니, 추후 D구에 묶인 개발 제한을 풀고 재개발을 해 값어치를 부풀려 두면 그건 분명 적잖은 자산이 될 거야."

양상춘의 말에 조세화가 눈을 가늘게 뜨며 받아쳤다.

"그러면 이번에도 성진이가 공범이라는 말씀으로 들리는데요?"

"최소한 사랑 같은 것보다는 말이 되는 이야기라고 보네만."

"……."

그 말에 애꿎은 강하윤만 사레들릴 뻔했지만 양상춘은 아랑곳하지 않고 말을 이었다.

"그런 이유가 아니라면, 상식적으로 생각해 새마음아동복지재단의 이사장인 구봉팔을 찾아가든가 했겠지, 이성진을 먼저 만났을 이유가 없지 않나?"

조세화가 반박했다.

"……굳이 이유를 찾자면 성진이가 있는 SJ컴퍼니는 새마음아동복지재단의 가장 큰 후원자이니까요."

"흠, 최서연 씨는 다른 사람들과 달리 이성진이 실제 경영에 관여하고 있다는 걸 인지하는 모양이군."

"……."

"아무튼 알겠네. 이유야 어쨌건 최서연이 요한의 집을 인수한다는 건 분명하고, 해당 제안은 구봉팔에게도 나쁜 제안은 아니었겠지."

양상춘의 말마따나 예전과 달리 거물급으로 성장한 구봉팔에게 새마음아동복지재단 경영은 '굳이 이유를 찾기 힘든 것'이었다.

그나마 구봉팔이 이를 계속 소유해야 한다면.

"다만…… 최서연은 그동안 새마음아동복지재단이 어떻게 유용되었는지 알고서 인수하는 건가?"

그건 양상춘의 말대로 새마음아동복지재단이 조세 포털, 더 나아가 박상대의 비자금 통로로 쓰였단 정황이 들통 나지 않길 바라서일 것이다.

조세화가 한숨을 내쉬었다.

"그럴 거예요."

"……그래?"

"아까 박사님께서 하신 추측도 포함해서, 성진이가 제게 그랬거든요. 최서연 씨가 성진이한테 먼저 '강선이의 유산을 건들 생각이 없다'는 식으로 말했다고요."

양상춘이 눈을 가늘게 떴다.

"즉, 아무런 조사도 없이 이성진에게 접근한 건 아니라는 의미군."

이성진이 했던 말 그대로 읊는 양상춘을 보며, 조세화는 잠시 둘이 의외로 궁합이 좋은 건 아닐까 생각했다.

"성진이도 그렇게 생각하더라고요. 그리고 성진이 생각에는 최서연 씨가 '강선이를 자신의 손이 닿는 범위에 두는 것'을 선호할 것이라고 봤어요."

"……이성진은 그런 걸 알고도 제안을 수락했단 건가?"

조세화가 고개를 끄덕여 긍정했다.

"성진이 말로는 괜히 기자들이 강선이에게 접근해 사건을 들추지 않도록 하는 의도일 거라고 말하던걸요. 그러면서 어차피 누나에게는 큰돈이 드는 것도 아니니 서로에게 좋은 이야기라고요."

조세화의 말에 양상춘이 고개를 갸웃했다.

"그러면 이 일이 이성진에게도 이득이 있다는 건가?"

"그렇죠."

조세화 자신도 이성진에게 듣고서야 떠올렸지만.

"구체적인 건 저희가 벌일 사업과 관련한 것이라 말씀드릴 수 없지만요."

"……흠. 세화가 그렇다니 그런 것으로 알지."

그게 중요하지 않다고 생각해서인지, 양상춘은 의외로 순순히 납득하고 넘어가는 눈치였다.

"다만, 그런 것이라면 구봉팔 씨가 그 제안을 받아들인 건, 그가 이성진의 영향하에 있다고 판단해도 되겠나?"

"구봉팔 이사님의 경우는 달라요."

조세화가 단호하게 대답했다.

비록 이성진이나 조세화도 구봉팔의 진의에 대해 시험하는 듯한 발언을 하기는 했으나, 구봉팔과 단둘이서 대화를 나눈 뒤 조세화는 그에 대한 의심을 깨끗이 거둬들였다.

"구봉팔 이사님이야말로 이번 일에 다른 뜻은 전혀 없으셨거든요."

"그건 또 무슨 이야기인가?"

조세화는 잠시 구봉팔이 '자신에게만 전해 준 이야기'를 이들에게 말해도 될까, 망설였지만 이 자리가 단순히 가십용으로 남의 일을 떠들어 대는 중이 아님을 자각하고 천천히 말을 이었다.

"구봉팔 이사님은 사실……."

그리고 조세화는 강하윤과 양상춘에게 구봉팔의 과거사와 그가 박상대와 어떤 관계였는지를 이야기했다.

"즉."

이야기를 들은 양상춘이 입을 뗐다.

"구봉팔 씨는 처음부터 박상대에 대해 파악하고 있었단 거로군. 그것도 지극히 개인적인 과거사로."

"네. 그리고…… 아까 하윤 언니가 말했죠? 배성준이라는 형사가 도깨비 신문과 SJ컴퍼니에 대해 조사해 달란 부탁을 했다고요."

잠시 멍하니 있던 강하윤이 재빨리 고개를 끄덕였다.

"아, 응. 그랬지."

"실은 알고 보니 그것도 이런 일이 있었더라고요."

그러면서 조세화는 구봉팔이 말했던, 조설훈이 도깨비 신문을 통해 박상대를 궁지에 몰아붙였던 일과 박상대를 해외로 출국시키려 했다는 이야기를 했다.

양상춘이 고개를 끄덕였다.

"그래. 그 부분은 강 형사가 인근을 뒤져 해당 술집을 찾아냈을 때 그렇지 않을까 했지."

당시에는 막연한 추측에 불과했지만, 이후 조설훈과 조지훈이 사망한 날 현장에서 술집 주인 곽남훈의 시체가 발견되면서 그가 조광과 연관된 인물이었음이 백일하에 드러났다.

"하지만 구봉팔 씨가 그 자리에서 박상대를 기다리고 있었다는 것은 처음 알게 되었군."

"네. 그러니까 결국 도깨비 신문과 연관이 있었던 것도 아버지였고, 박상대 씨를 공격한 것도 저희 아버지였던 거예요."

쓰쓸한 기색을 감추지 못하는 조세화를 앞에 두고 강하윤은 어찌할 바를 몰라 양상춘을 바라보았다.

양상춘은 이 자리의 기묘한 침묵 속에서 한동안 생각에 잠긴 채로 있다가 다시 입을 뗐다.

"결국 원점이군."

양상춘의 말에 강하윤이 눈을 깜빡이며 그를 보았다.

"원점이라니, 그게 무슨 말씀입니까?"

양상춘이 대답했다.

"……오늘 여기서 나온 이야기를 종합해 보자면 조설훈 씨의 죽음에 이성진은 관여한 바가 없을지도 모른다는 의미일세."

지금껏 이성진을 주요 용의자로 판단하고 있던 양상춘이 할 말이라고는 생각되지 않는 발언이었다.

강하윤이 조심스레 물었다.

"그렇다는 건, 박사님께서는 성진이가 이 일에 개입해 있다는 주장을 철회하시는 겁니까?"

"그래."

의외로 양상춘은 시원시원하게 인정하며 후추 범벅인 식은 수프 그릇을 숟가락으로 뒤적였다.

"자고로 모든 사건은 새로운 증거나 증언이 나오면 매번 새로운 국면에 들어가는 법이니까."

다만 자존심 때문인지, 비록 한마디 덧붙이기는 했다.

양상춘의 말에 조세화와 강하윤은 서로 눈을 마주치며 그 까닭을 알 수 없는 묘한 안도감을 느꼈다.

물론, 양상춘의 말마따나 '원점'이라는 의미에서 사안은 다시 안개 속에 들어간 것처럼 되고 말았으니 (조세화나 강하윤 각자가 개인적으로)아끼는 지인이 용의선상에서 배제된 걸 순수하게 기뻐해도 좋을지는 의문이었지만.

양상춘이 가벼운 한숨을 내쉬었다.

"사실, 나는 그동안 도깨비 신문의 박상대 스캔들 폭로가 이성진의 사주에 의한 것이고, 조설훈 씨는 거기에 휘말려 뒷수습을 하려다 사고가 난 것이라고 보았네."

양상춘이 한차례 뜸을 들였다가 다시 입을 뗐다.

"하지만 그게 아니었어. 오늘 새로이 알게 된 바 오히려 박상대를 공격한 것은 조설훈 씨였고, 조설훈 씨는 거기서 박상대와 관계를 끊을 심산이었던 거야."

양상춘이 말을 이었다.

"박상대를 도와 시체를 유기한 조설훈 씨에게 그 존재는 눈엣가시였겠지. 확실히 명분과 명예가 가장 큰 자산인 정치인에게 언론을 통해 타격을 가하는 건 효과적인 방법이야. 박상대는 그 계획에 아무런 대처도 못 하고 당한 채 자신의 정치적 생명이 끝장났다는 걸 깨닫기에 이르렀을 터. 한편으로는 조설훈 씨 입장에서도 박상대는 그렇게 죽어선 안 되는 인물이었던 걸세."

그러면서 양상춘은 '박상대가 해외에서 아무도 모르게 실종된다면 그건 또 다른 이야기지만' 하고 생각했지만, 조세화 앞이어서 그답지 않게 일부러 말을 삼갔다.

거기서 조세화는 양상춘의 말에 묘한 위화감을 깨닫고 그에게 물었다.

"그런데 박사님께서는 왜 성진이가 박상대 씨를 공격했을 것이라고 보셨나요?"

"음."

양상춘은 약간 식은 수프를 한 입 떠먹은 뒤 대답했다.

"그건 도깨비 신문의 대표인 김기환 때문이었네."

"……그게 무슨 말씀이죠?"

양상춘이 강하윤을 힐끗 쳐다보았다.

"아까 강 형사는 배성준 형사가 죽기 전 도깨비 신문과 SJ 컴퍼니 사이의 연관성을 조사했다고 했지?"

"아, 예. 그렇습니다."

"나는 이성진이 당시 중우일보에 재적해 있던 김기환을 시켜 박상대의 사생아를 폭로하도록 했을 것이라 보았네."

이성진이 먼저 박상대를 공격했다?

"연역적 사고이긴 하네만, 이성진이 도깨비 신문사의 투자자가 된 건 둘 사이에 어떤 인연이 있었기 때문이라고 여겼지. 다만 김기환 기자가 중우일보에 재적 중일 때 이성진과 어떻게 알고 지냈는지는 나도 짐작 가는 바가 없어서 말하지 않고 있었네만…….”

양상춘의 말에 강하윤이 눈을 동그랗게 떴다.

“아.”

“왜 그러나?”

강하윤은 즉시 대답하지 않고 송구스러운 기색으로 어깨를 움츠렸다가 더듬더듬 대답했다.

“박사님의 말씀을 듣고 보니 마침 저희 선배님에게 들은 이야기가 생각나서 말입니다.”

“정 형사?”

“예, 정확히는 저도 선배님이 김보성 검사님께 들은 이야기를 들은 것입니다만.”

강하윤이 말을 이었다.

“성진이와 김기환 기자는 생판 남이 아닙니다. 채…… 모라고, 성진이가 다니는 초등학교의 학우 아버님이 김기환 기자와 동문이라고 했지 말입니다.”

강하윤의 말에 양상춘이 눈썹을 씰룩였다.

“그건 단순한 우연은 아닌가?”

그도 그럴 것이, 몇 다리만 건너면 모든 사람을 알게 된다는 이론도 있는 모양이니 이 우연의 일치를 억지로 끼워 맞추는 건 아무리 양상춘이라도 신중해야 한단 판단이 선 것이다.

강하윤이 볼을 긁적였다.

"마냥 우연은 아닐 겁니다. 채…… 아, 기억났습니다. 채한열이라는 분은 당시 성진이가 기획한 방과 후 교실 취재 건으로 그 초등학교에 인터뷰를 한 적이 있다고 했습니다."

양상춘이 고개를 끄덕였다.

"그러면 이성진은 그때 채한열이란 인물과 안면을 텄겠군."

"예. 그래서 만약 성진이가 김기환 씨를 사전에 알게 되었다면 그 인맥을 거쳤을지도 모른다는 의미에서 드린 말씀입니다."

양상춘은 잠시 생각하다가 고개를 저었다.

"그것만으로는 어떻다 말하기 어렵군. 지인의 아버지를 통해 소개를 받았다고 하자니, 우리는 지금 이성진이 아직 초등학생에 불과하다는 걸 간과하는 것이 아닌가."

"그것도 그렇습니다만……."

"그러니 일단 자네의 말은 가능성 측면에서만 고려하도록 하지."

양상춘은 꽤 합리적인 이유에서 이성진과 김기환 사이에 채한열이 연결 고리가 되었다는 걸 부정하고 있었지만, 이는 강하윤이 두세 단계를 건너가 말을 전하는 과정에 누락된 정보가 있었던 탓이다.

사실 이성진은 당시 처음부터 김보성에게 자신이 김기환을 채한열에게 소개받았음을 솔직하게 밝혔고, 김보성은 거기서 따로 조사를 하여 성수대교 부실 공사와 삼광 그룹이 득한 부동산 시세 차익을 정진건에게 전달하였지만, 정작 정진건은 이를 강하윤에게 전하며 관련 내용을 생략했기에 생겨난 착오였다.

잠자코 두 사람의 이야기를 듣던 조세화가 끼어들었다.

"그런데 박사님께서는 성진이가 왜 박상대 씨를 공격했다고 보셨어요?"

"……거기까지는 모르지."

양상춘이 솔직하게 답했다.

"굳이 짐작하자면, 나는 당시 박상대를 공격하는 것으로 조설훈 씨의 정치적 고리를 끊어 내리라 보았네. 심지어 마침 새마음아동복지재단을 통해 거기서 착복한 비자금이 박상대의 주머니로 흘러 들어간다는 걸 알 기회도 생겼을 테고, 박상대와 조광 사이가 어떻다는 것쯤은 짐작했으리라 보았어. 세화도 알겠지만 이번 일에 가장 큰 수혜자는 이성진이지 않나?"

"……."

"아무튼 구봉팔 씨가 과거 어릴 적부터 박상대와 알고 지냈다는 이야기를 듣고 나니, 이성진은 그와 별개로 해당 일에 관여하지 않았을지도 모른다는 생각이 들더군. 즉, 이성진과 김기환, 구봉팔 씨, 조설훈 씨는 각각 아무 연관 없이 독립적으로 움직인 것에 불과하며 박상대의 비위가 폭로된

과정 역시 이성진의 행동 양태와 무관할지 모른단 생각이 든 걸세."

양상춘이 심드렁한 얼굴로 말을 이었다.

"게다가 이성진은 이성진대로 일관된 행동을 보였지."

조세화가 고개를 갸웃했다.

"일관된 행동요?"

"그래. 굳이 말하자면…… 일관되게 오지랖을 부려 댄 것에 불과하다고 할까."

양상춘이 강하윤과 조세화를 번갈아 보았다.

"자네들의 이야기를 듣고 생각했네. 그가 강 형사를 도와 이런저런 일에 관여했던 것도, 세화를 도와 조광의 집안일에 휘말려 든 것도, 결국에는 이성진의 오지랖에 불과했던 거라면?"

양상춘의 말에 조세화와 강하윤은 저마다 이성진을 떠올리며, 그럴 법하단 생각을 했다.

양상춘의 말마따나 이성진의 행동은 선의에서 비롯한 오지랖에 불과하다고 해석할 여지가 분분한 것이다.

그리고 이성진의 '오지랖'은 실제로도 많은 도움이 되었고, 이는 그들이 이성진에게 호의적인 평가를 내리는 원인 중 하나였다.

양상춘이 말을 이었다.

"그리고 조설훈 씨가 도깨비 신문으로 하여금 박상대와 관련한 기사를 내도록 지시한 이상, 이성진이 조설훈 씨를 부추겨 그렇게 하게끔 했다면 모를까, 박상대의 몰락과 이성진의 행동에 의도와 연속성이 증발하고 말지. 그리고 내가 보기에 그럴 일은 없어 보이고."

조세화가 고개를 끄덕였다.

"그러면 박사님 말씀은 성진이가 기사를 내도록 하지 않은 시점에서 성진이는 박상대 씨, 더 나아가 아버지를 곤경에 빠트릴 의도가 없었던 셈이 되는 건가요?"

"그런 셈이지."

양상춘은 잠시 뜸을 들였다가 말을 이었다.

"물론 이성진이 박상대를 공격하려 했을 수는 있어. 나도 강 형사가 말한 '지인의 소개로 알게 되었다'는 가능성 자체를 부인하지는 않아. 어쨌건 박상대는 새마음아동복지재단과 관련해 부정의 수혜자였고, 그게 고아원의 후원자가 된 이성진에겐 쌀독에 든 쌀벌레로 보였을 수도 있겠지. 하물며 이성진에게는 박상대의 비위를 폭로해 줄, 동시에 그 약점이 무엇인지 잘 아는 구봉팔 씨가 곁에 있었고…… 나도 구봉팔이란 인물을 본 적이 없으니 속단하지는 않겠네만, 그도 과거가 어땠건 아무 거리낌 없이 상승대로에 있는 박상대가 고까웠을 수 있단 생각이 드는군."

조세화는 내심 구봉팔을 자신의 잣대로 평가하는 양상춘이 아니꼬웠지만, 그녀 역시도 구봉팔이 어떤 인물인지 자세히 아는 바는 아니어서 굳이 반박하지 않았다.

양상춘이 자세를 바로 하며 어조를 고쳤다.

"어쨌거나 다시 말해 즉, 오늘 여기서 나온 이야기를 종합해 보자면 박상대의 죽음, 아니 몰락과 관련해 이성진은 직접적으로 관여한 바가 없단 의미일세. 게다가 이를 연속성에 입각해 분석해 보자면 그는 조설훈 씨에게 딱히 적대적이지 않았으며, 그럴 의사도 없었단 의미도 포함하겠지."

양상춘이 이성진을 의심한 데에는 사건의 일관성과 연속성을 염두에 둔 것이었으나, 조세화가 전한 말로 그 일이 이어지지 않게 되었단 이야기였다.

게다가 조성광의 유언장이 외부로 유출되지 않은 상황에 이성진이 조설훈이며 조지훈을 제거해 봐야 별다른 의미가 없다는 김보성의 법리적 충고도 그 생각에 한몫 거들었다.

"설령 이성진이 박상대의 사생아를 폭로할 계획이 있었다고 하더라도 중우일보의 기사가 검열된 시점에선 손을 놓았겠지. 어쨌거나 박상대는 후보직을 사임하였고, 그걸로 견제는 했단 판단도 섰을 테니까. 이상일세."

그 뒤 각자가 잠시 생각에 잠겨 약간 식은 수프를 떠먹었고, 양상춘은 불현듯 생각났다는 듯 입을 뗐다.

"다만 의외라면 의외로군."

묘한 긴장이 풀려서일까, 수프 맛은 나쁘지 않았지만 꽤 식은 데다가 마침 별 입맛이 없던 조세화가 숟가락을 내려놓았다.

"뭐가요?"

"아까 세화 말을 떠올려 보니 이성진은 최서연의 동기를 선의로 평가하는 듯해서."

조세화가 양상춘을 흘겨보았다.

"성진이가 왜요. 걔 착하거든요?"

"내가 이성진더러 착하지 않다고 말한 적은 없네만. 아니, 애당초 그의 인성에 대해 어떻다고 말한 적도 없지."

"……."

애당초 이성진을 조설훈 살해의 배후자로 지목한 시점에서 이미 평가가 끝난 거 아닌가, 하고 생각했지만 조세화는 따져 봐야 피곤할 거라고 판단해 말하지 않았다.

"아무튼 이성진은 최서연의 행동 양태를 정치적 동기에 있다고 해석했군. 그리고 그건 세화가 말했던 최갑철 의원의 현재 전략과도 맞아떨어져."

"생각해 보니까 그러네요. 성진이는 기자가 강선이에게 접근하지 않도록 하는 것이 최서연 씨의 의도라고 보았으니까요."

"음. 그리고 최서연은……."

거기서 양상춘이 미간을 찌푸렸다가 인상을 폈다.

"이거, 원점이 아닐지도 모르겠군."

이 자리에서 유일하게 수프 그릇을 비운 강하윤이 냅킨으

로 입을 닦다가 고개를 돌렸다.

"무슨 말씀이십니까?"

"그러니까……."

그때 달각 문이 열리며 조세화의 수행원이 스테이크가 담긴 접시를 트레이에 담아 끌고 왔다.

"아가씨, 드시지 않은 수프 그릇은 놔둘까요?"

"아뇨, 치워 주세요. 박사님은……."

양상춘이 고개를 끄덕였다.

"내 것도."

"치워 주세요."

조세화의 말에 수행원은 테이블을 정리한 뒤 방을 나섰다.

수행원이 나가자마자 강하윤이 조심스레 물었다.

"원점이 아닐지도 모른다니, 혹시 다시 성진이를 의심하시는 겁니까?"

"아니야."

양상춘이 고개를 저었다.

"……일단 메인은 들지. 나도 잠시 생각을 정리할 필요가 있어서."

"아, 넵."

테이블에는 별다른 이야기 없이 슥삭거리는 칼질 소리만 들렸고, 강하윤은 '듣던 대로 맛있네' 하는 생각에 이어 '이 레스토랑 가격을 생각해 보면 시저스가 더 나은 거 아닐까' 하고—얻어먹는 처지에 '별로네요' 하고 말하는 것도 실례이니—속으로 생각했다.

"아까 내가 물었지."

양상춘이 불현듯 입을 뗐다.

"최서연이 다른 사람도 아닌 이성진에게 먼저 접근한 저의에 대해서 말이야."

"그러셨죠."

조세화가 대답했다.

"최서연 씨가 성진이를 실제 경영자로 인식하고 있는 것 같다고도 말씀하셨고요."

"그렇다면 최서연은 그걸 어떻게 알았을까?"

"……."

조세화는 잠시 생각하다가 고개를 저었다.

"모르죠. 뭐, 나름대로 정보망이 있는 걸지도 모르고요. 사실 알려고 하지 않아서 그렇지, 알고자 하면 충분히 알아낼 수도 있는 일 아닌가요? 성진이도 노골적으로 감춘 적은 없으니까요."

"그런가? 나는 이성진이 그걸 감추려 하거나 최소한 이휘철 전회장의 관리하에 놓인 회사임을 남들이 알아주길 바라는 것으로 보았네만."

"네?"

"어제였나, 오늘이었나…… 이휘철 전회장이 SJ컴퍼니에

출몰했다는 지라시가 돌았거든. 몸소 내방해서 회사를 둘러본 뒤 돌아갔다고."

그 말을 들으며 조세화는 계획대로 흘러가는구나, 하고 생각했다.

"뭐…… 할아버님은 그 회사 경영 고문이시니까요. 이상한 일은 아니잖아요?"

"그럴 수도 있겠지. 하지만 나 같은 부외자는 이성진이 감투 사장이라는 생각을 할 것일세. 그야 세화나 강 형사는 이성진을 직접 만나 보고 그가 실제 경영자임을 인지하고 있겠지만, 나는 문득 최서연은 그걸 어떻게 알고 있는가 하는 것이 궁금하더군."

듣고 보니.

혹시 최서연과 이성진은 예전부터 알고 지내던 사이였을까?

'그런 것처럼은 보이지 않았는데.'

만일 그랬다면, 박상대에 대한 공격도…….

"아."

조세화는 양상춘의 말에 단서를 얻어 깨달은 바가 있는지 눈을 동그랗게 떴다.

양상춘은 그런 조세화를 보며 고개를 끄덕였다.

"세화는 눈치챈 모양이군. 그래, 이번 일로 이득을 본 건 이성진뿐만이 아니야. 해석하기에 따라선 '손실을 최소화'하는 것도 이득의 범주에 둘 수 있으니 말일세."

얌전히 칼질을 하던 강하윤만 두 사람이 무슨 생각을 하는지 몰라 고개를 갸우뚱했다.

"피해를 최소화한다니, 무슨 말씀이십니까?"

강하윤의 질문에 양상춘이 대답했다.

"우선, 아까 철회한 내용을 되돌리지. 지금부터는 이성진이 김기환 기자가 도깨비 신문에 투자하기 전부터 그와 알고 지냈다고 가정해 보겠네."

방금 전엔 '지극히 상식적인 수준에서' 초등학생이 친구 아버지를 통해 누군가를 소개받으리란 가능성을 부정한 양상춘답지 않은 말이었다.

'조금만 그럴듯한 가능성이 생겨도 손바닥 뒤집듯 의견을 바꾸신단 말이야.'

그걸 좋게 말하면 융통성이 있다는 것이고, 또 그런 양상춘이기에 이성진이 조설훈을 살해하였거나 살해를 사주한 용의자일지 모른단 자신의 주장을 철회한 것이리라.

양상춘이 말을 이었다.

"그리고 그 시점을…… 그래, 김기환이 중우일보에 재적하던 당시, 그러니까 박상대의 비위를 폭로하고자 했던 때로 돌려 보지."

양상춘의 말에 강하윤이 눈을 동그랗게 떴다.

"그렇다는 건, 성진이가 당시 김기환 기자가 기사를 작성

할 때 도움을 주었단 말씀입니까?"

"……이성진이 그랬는지, 아니면 구봉팔 씨가 그랬는지는 아직 모르지만, 최소한 그쪽과 무관하지 않았을 거라고 보네."

강하윤의 지적을 신중하게 받은 양상춘은 잠시 생각하다가 다시 입을 뗐다.

"아무튼 기사는 문제없이 '작성'되었어. 우리는 도깨비 신문……. 정확히는 도깨비 신문의 댓글에 링크된 주소를 통해 '원본'이 어떠했는가를 알 수 있었지. 또한 기사는 정순애의 인터뷰까지 실을 정도로 충실했고."

"……그 시점에 정순애 씨와 강선이는 한국에 들어와 있었겠군요."

"그럴 것이네."

양상춘이 고개를 끄덕였다.

"하지만 기사는 공개 직전, '검열'되었지. 자, 여기서 이 기사를 검열할 만한 인물은 누구였을까?"

"그야…… 박상대 씨 본인이지 않겠습니까."

"아니. 박상대는 그럴 만한 힘이 없어. 그는 어디까지나 '전도유망한 정치 신인'이었지, 아직 신문사에 '외압을 행사할 만큼' 대단한 인물이 아니야. 그러면 이때 신문사에 검열 압력을 가할 수 있는 후보는 누가 있겠나?"

양상춘이 던진 힌트에 강하윤은 눈을 가늘게 떴다.

"설마, 최갑철 의원이라고 생각하시는 겁니까?"

"단도직입적으로 말하자면 그렇다고 할 수 있지."

"……."

"박상대는 그렇다 쳐도 여당 총수인 최갑철에겐 그럴 만한 힘이 있어. 대한민국 국민의 한 사람으로서 다시금 언론의 자유가 통제받고 있다는 걸 실감하는 건 불쾌한 일이지만…… 정황상으로는 그렇단 의미일세."

양상춘이 고개를 저었다.

"게다가 당시 박상대는 아직 사람을 죽이지 않았어. 아니, 최소한 정순애는 살아 있었지. 그러니 최갑철 의원도 예비 사위의 과거사 정도는 덮을 수 있을 거라 판단했겠지."

"……."

"흥미로운 건 이후 김기환 기자의 행보라네. 내가 기억하기로 김기환 기자는 이후 얼마 지나지 않아 대통령 친인척 비자금 기사를 써냈단 거야."

강하윤이 눈썹을 씰룩였다.

"박상대 건을 덮는 대가로 거래가 있었단 말씀입니까?"

"나도 확답은 못 하겠네. 어디까지나 상황이 제법 공교로웠다는 것 정도밖에."

거물이 언급되어서일까, 아니면 방금 전 그 추리가 파훼되어서일까. 양상춘의 말투는 줄곧 신중했다.

"게다가 후계자로 잘 키워 둔 예비 사위가 숨겨 둔 자식이 있었단 일로 언론의 뭇매를 맞아 대기 시작한다면 그건 최갑철 의원 입장에서도 바람직한 일이 아니지. 하물며 당시는 총선을 앞둔 시기였네. 최갑철 의원이 이후로도 박상대를 예비 사위로 두려 했는지는 모르지만, 당장 급한 불은 꺼야 한다고 생각했을 거야. 박상대의 비위란 부풀리자면 상대측에 최갑철 의원 본인뿐만 아니라 여당 전체를 향한 공격의 빌미를 던져 주는 일일 테니까."

"저, 박사님."

조세화가 끼어들었다.

"그러면 성진이는 그때 최갑철 의원을 만난 걸까요?"

"……지금 정황을 살피면 그럴지도 모른다고 보네. 이성진이라면 구봉팔을 통해 박상대가 어떠한가를 알 법도 하고, 김기환 기자가 기사를 작성하는 데 필요한 취재에 도움을 줄 수도 있었겠지."

"도움요?"

"정순애와 박강선을 한국에 데려오는 비행기 표 삯과 체류 비용이지. 가난한 기자 주머니에서 그만한 돈이 나왔을 거란 생각은 들지 않고, 기사가 검열되는데 항의하지 않은 중우일보가 그런 막대한 취재비를 제공했으리라 생각하기는 힘들거든."

양상춘의 말을 들으며 강하윤은 양춘자를 찾아낸 박순길과 그녀가 서울로 올라온 그날 밤, 양춘자에게 들은 내용을 떠올렸다.

「아무튼, 요즘은 신문기자 벌이가 괜찮은가 봐요? 오래는 아니지만, 순애는 한동안 호텔에서 떵떵거리며 지냈거든요.」

그녀가 손수 메모까지 한 내용이었다.

당시에는 그런가 보다 하고 생각하며 신문사의 예산이 생각 이상으로 빵빵하단 정도만 생각하고 말았지만, 양상춘의 말을 듣고 보니 위화감이 물씬했다.

"그러고 보니 저도 양춘자 씨에게 들은 내용입니다만…… 정순애 씨는 당시 호텔에서 체류할 정도로 풍족한 지원을 받았다고 했습니다."

"그랬나? 흠, 그렇다면 더더욱 후원자의 정체에 의심이 가는데."

"……그리고 김기환 기자 측에서는 이후 태국으로 돌아갈 편도 티켓까지 마련해 주었다고 했습니다만…… 정순애 씨는 결국 한국에 남는 걸 택한 모양입니다."

"에프터도 확실하군. 왠지 모르게 이성진을 생각나게 해."

이후 지원이 끊긴—정확히 말하자면 자발적으로 지원을 마다한—정순애는 허름한 모텔을 전전하며 상황을 살폈으리라.

한편, 어째서일까.

강하윤은 순간 박상대가 정순애를 보자마자 '머리를 한 대 얻어맞기라도 한 양' 그녀를 멍하니 바라보았다던 양춘자의

말을 떠올렸다.

이는 그녀가 조세화를 통해 구봉팔과 박상대 사이에 얽힌 악연을 듣고 난 뒤여서 떠올리게 된 것이겠지만.

지금 와서 생각해 보면, 정순애의 용모는 박상대로 하여금 백설희를 떠올리게 하지 않았을까.

그리고 박상대는 정순애에게 아이가 들어섰다는 말을 듣자마자 태도가 돌변했다고 했다.

'그런 거라면…… 그건 예정된 비극일지도.'

박상대는 처음부터 정순애를 통해 백설희를 보았을 뿐이고, 대체제는 결코 원본을 대신할 수 없다.

박상대는 정순애가 박강선을 임신한 순간, 그녀는 백설희가 될 수 없다는 걸 깨닫고 마음이 식은 것이리라.

한편, 강하윤과 양상춘을 번갈아 보던 조세화가 끼어들었다.

"저, 양춘자 씨가 누군가요?"

"정순애 씨의 생전 지인이네. 분명 세화도 봤을 텐데?"

"……제가요? 어디서요?"

강하윤이 대신 말을 받았다.

"요한의 집. 며칠 전에 같이 갔잖니?"

"……."

"아, 인사는 안 나눴나 보네……. 아무튼 양춘자 씨는 처음엔 강선이를 입양할 생각까지 한 분이야. 그게 안 된다는 걸 알고 난 뒤엔 요한의 집에서 일하기로 하신 거지."

그 말에 조세화는 박강선이 유독 따르는 것처럼 보이던 보육원 선생 한 사람을 떠올렸다.

'그 사람인가?'

뭐, 그러거나 말거나 조세화는 알 바 아니라고 생각했지만.

양상춘이 덧붙인 말에 생각이 조금 바뀌었다.

"여담으로 양춘자 씨는 한때 고향으로 몸을 피해 있었네. 해남이었지, 아마."

"네? 왜요?"

"그야……."

양상춘이 '자네가 말하게' 하고 눈으로 말하듯 강하윤의 얼굴을 힐끗 쳐다보았다.

강하윤은 잠시 망설이다가 대답했다.

"양춘자 씨 말로는 집 근처에 수상한 인물이 서성였대."

"수상한 인물……."

"당시 양춘자 씨는 정순애 씨와 연락이 두절된 것을 인지하고 있었고, 정순애 씨가 박상대를 찾아가리란 걸 알고 있었어. 그 와중 집 근처에 수상한 인물이 서성이는 걸 보곤 박상대가 사람을 보낸 줄 알았대. 그래서 다급히 고향으로 돌아갔고……."

강하윤이 말을 이었다.

“……양춘자 씨를 찾아 서울로 올라 온 박순길 형사님 말씀에 의하면, 실제로 당시 양춘자 씨의 사진을 들고 동네를 수소문하던 사람이 있었던 모양이야. ……아마 박상대가 사람을 시켜 양춘자 씨를 찾아다녔던 거겠지.”

그 말에 조세화는 불현듯 생각난 것이 있었다.

“그게 언제였나요?”

“응? 그러니까…….”

양상춘이 끼어들었다.

“반지 기사가 나갔을 즈음이었지, 아마.”

“아, 네. 그렇습니다.”

그 말을 들으며 조세화의 기억 구석에 잠들어 있던 생각의 퍼즐이 짜 맞춰졌다.

「긴말은 않겠다. 전국 팔도를 뒤져서라도 찾아내.」

조세화가 떠올린 건 이성진이 그녀에게만 들려준 도청기 원본의 내용이었다.

「아버지가 소개한 박영호랑 박상대 그 개자식 때문에 일이 꼬이는군요. 보십쇼, 결국엔 그 뒷바라지를 제가 하고 있지 않습니까. ……경찰도 꼬리를 밟은 모양이고. 흠, 지금이라도 잘라 내야 하나…….」

그때 조설훈이 찾아 헤매던 건, 다름 아닌 양춘자였던 것이다.

'이번에도 아빠가…….'

결국 조세화는 당시 조설훈이 누굴 찾으라고 했던 건지, 그리고 그 시점에서 박상대와 관계를 끊어 낼 생각을 하게 되었다는 것을 알게 되었다.

조세화는 방금 알아낸 걸 두 사람에게 말할까, 생각했다가 이내 관뒀다.

그들에게 이미 앞서 '도청기에 별 내용은 담겨 있지 않았다'고 거짓말을 한 이상, 그 내용의 출처가 어디였는지 번복해 가며 새롭게 알아낸 걸 전달할 필요는 없다고 여긴 것이다.

'……이미 다 지난 일이고. 별로 중요한 일도 아닌 것 같으니까.'

한편 강하윤은 생각에 잠긴 조세화를 쳐다보다가 고개를 돌려 양상춘에게 시선을 향했다.

"그러면 박사님께서는 성진이가 김기환 기자로 하여금 박상대 폭로 기사를 쓰게끔 도움을 주었단 생각이십니까?"

"어쩌면 그럴 확률이 높다는 걸세. 그만한 재정적 지원을 해 줄 수 있는 인물은 이성진 말고는 떠오르는 인물이 없으니까."

강하윤은 잠시 양상춘이 한 말을 생각하다가 한숨을 내쉬었다.

"하지만 저로선 도통 이유를 모르겠습니다. 아무리 생각해도 성진이가 그런 수고로움을 감수해 가며 박상대를 공격해야 할 까닭이 없지 않습니까?"

강하윤의 지적에는 양상춘도 할 말이 없었다.

그도 모를 수밖에.

이성진이 박상대와 조설훈, 나아가 조세광을 공격한 건 그가 알고 있는 '미래의 일'을 대비하기 위함이었다.

하물며 양상춘이 이성진의 동기를 '지금 시점'에 맞춰 보고 있는 한, 그는 이성진이 박상대를 공격한 까닭을 상상도 못하는 것도 당연한 일이었다.

강하윤이 덧붙였다.

"그렇다고 성진이에게 야당 측 정치 인맥이 있는 것도 아닐 테고 말입니다."

"흠, 그런 이유라면 박상대를 공격할 동기가 분명해지는데. 하물며 박상대에게 흘러가던 재단의 기금도 이성진이 개입하기 시작한 이상 멈췄을 것이고."

"박사님."

"알아. 나도. 그럴 리 없겠지. 한다면 이성진 선이 아닌 다른…… 그게 좀 더 세상을 깨달은 어른들이나 할 법한 사고라는 것도."

양상춘이 어깨를 으쓱였다.

"아무튼 그 일로 최갑철 의원이 '감히 자신의 예비 사위를 공격하려 한' 이성진을 한번 보고자 했다면, 어떻게 생각하는가?"

"……최갑철 의원이…… 성진이를 말씀입니까?"

양상춘이 고개를 끄덕였다.

"그래. 그리고 최서연은 그때 이성진과 안면을 텄거나 그 존재를 알게 되었을지 모른다는 이야기일세."

양상춘이 안경 너머로 눈을 가늘게 뜨며 덧붙였다.

"또한 그런 이유라면 이성진에겐 최갑철 의원 측에 갚아야 할 빚 아닌 빚이 한 가지 생겨난 셈이니까."

3장

갚아야 할 빚.

아무리 최서연의 제안이 서로에게 이득을 주는 상호보완적인 것이라고 하나, 이성진이 그녀의 제안을 수용하는 것은 또 다른 문제였다.

그도 그럴 것이 새마음아동복지재단을 제3자에게 양도하는 건 이성진으로서도 어느 정도 리스크를 감수해야 할 필요가 있는 일이었다.

하지만 최서연이 '사정을 모르는 제3자'가 아니라고 한다면 이야기는 달라진다.

이성진이 최서연의 부탁을 마냥 내칠 수 없는 입장에 그녀의 제안이 '선을 넘지 않는다'면, 그 제안을 거절할 빌미의 벽이 하나 무너지는 셈이니까.

조세화가 신중한 얼굴로 고개를 끄덕였다.

"그렇다면 박사님 말씀은 이번 일에 최갑철 의원 측이 개입해 있을 수도 있다는 건가요?"

"……."

양상춘은 대답 대신 입을 다문 채 스테이크에 칼을 가져다 댔다. 세상 두려운 줄 모르고 사는 그로서도 이 일에 정치인이 연루되었을지 모른단 의혹에는 신중하게 접근해야 할 사안으로 생각한 것이리라.

한편, 조세화의 말에 강하윤이 양상춘을 대신하듯 입을 뗐다.

"지금 이런 말씀을 드리기는 뭣하지만…… 사실 석동출 형사는 경찰을 관둘 생각을 하고 있는 것 같습니다."

스테이크를 조각내던 양상춘이 고개를 들었다.

"석동출 형사가 경찰을 관둬?"

"예."

강하윤이 대답했다.

"그것도 별다른 개인 사유 없이……. 어쩌면 석동출 형사는 사건이 자신의 선에서 손대기 힘들 만큼 큰일이 되고 말았단 걸 생각한 게 아닐까 합니다."

"……."

"더욱이 생각해 보면…… 공권력에 어느 방향으로 압력을 가하는 일 자체는 평범한 민간인 차원에서 쉽게 할 수 있는 일은 아니지 않습니까?"

정치인이 외압을 행사해 수사 방향에 개입하는 건 어느 시대고 음모론 수준에서 그치기 마련이다.

하지만 최갑철은 이미 중우일보에 외압을 행사했다는 정황근거가 있었을뿐더러, 그에게는 마음먹은 대로 힘을 행사할 권력이 있었다.

"……어렵군."

양상춘이 중얼거렸다.

그가 말한 '어렵다'는 의미는 사안의 복잡성 때문이라기보다도 이 일에 섣불리 손대선 안 될 것 같단 위험성과 자신이 처한 입장에 좀 더 치중한 것이었다.

하긴, 생각해 보면 석동출에게 조설훈이—여기서 그들이 유령이라 명명한 존재에 의해—그런 식의 최후를 맞이한 것은 '아무래도 상관없는 일'이다.

석동출에게 조설훈은 배성준의 원수일 뿐만 아니라 현장에서 존속살해를 행한 범인이기도 했다.

만일 그때 석동출이 조설훈을 체포해 사법기관에 그 신변을 넘겼다면, 그에게는 사형이 구형되었을까.

아직은 간간히 사형 집행이 이뤄지는 시대라고는 하나, 조설훈쯤 되는 거물의 목에 밧줄을 걸 만한 배짱이 이 나라에 있는가.

하물며 석동출이 조설훈에게 정당한 법의 심판을 받게 한들, 죽은 사람은 돌아오지 않는다.

사형에는 범죄자를 세상과 영구히 격리시킨다는 목적뿐만이 아니라, 국가가 나서서 피해자의 복수를 대신 한단 의미까지 포함한다고 보았을 때 석동출은 차라리 좀 더 '확실한 방법'을 택했을 것이다.

그리고 '유령'은 그런 석동출의 가려운 부분을 긁어 주며 조설훈을 죽음에 이르도록 하였다.

그것도 경찰과 합류해 현장을 조작하면서도 입막음을 단단히 하고, 상황을 만듦에 아무런 거침이 없는 프로다운 면모까지 과시해 가며.

'어쨌거나 유족 앞에서 할 말은 아니겠어.'

양상춘은 그렇게 생각을 정리하며 입을 뗐다.

"아무튼 지금 나온 이야기를 정리하자면, 이성진이 조설훈 씨의 죽음에 관여한 혐의는 사라지고 그 대신 최갑철 의원이 들어서게 되었군."

양상춘이 두 사람을 번갈아 보았다.

"물론 최갑철 의원이라는 존재가 수면 위로 부상했다고 해서, 그가 조설훈 씨의 죽음에 관여했다는 의미는 아닐세. 더욱이 우리는 아직 조설훈 씨의 죽음이 최갑철 의원에게 어떤 의미를 가지는지도 알지 못하고. 하지만 여기서 사건을 더 파고들고자 하면 우리는 어쩌면 공권력을 상대하게 될지도

모르네.”

강하윤은 아무 말도 하지 못했고, 조세화는 가만히 양상춘을 쳐다보았다.

“그러면 박사님 말씀은 이제 손을 뗄 차례라는 건가요?”

“……자네 생각은 어떤가?”

조세화가 단호한 어조로 답했다.

“저는 겁나는 거 없어요.”

조세화가 말을 이었다.

“물론…… 저희 아버지가 사회적인 기준에서 용인되기 힘든 부류의 사람인 건 맞아요. 하지만 그렇다고 해서…… 어디의 누군지도 모르는 사람에게 아버지가 살해당한 걸 모른 척 잘 지낼 자신은 없거든요.”

말을 이어 가는 조세화의 눈이 서늘하게 빛났다.

“그러니 범인이 설령 최갑철 의원 같은 사람이라 할지라도, 저는 여기서 그만두고 싶지 않아요. 아니, 저는 혼자서라도 계속 아버지를 살해한 범인이 누군지 찾아낼 거예요.”

양상춘은 잠시 뜸을 들였다가 입을 뗐다.

“결론이 나온 것 같군.”

“결론요?”

양상춘이 대답했다.

“음. 이제 슬슬 이성진에게 도움을 구해 보지 않겠나?”

“성진이…….”

양상춘이 고개를 끄덕였다.

“그래. 비록 이성진이 조설훈 씨의 죽음에 관여하지 않았다고는 하지만, 그렇다고 해서 그가 이 일과 아주 무관한 인물이라는 생각까지는 들지 않거든.”

“…….”

“어쩌면 이성진은 처음부터 우리가 여기서 탁상공론을 늘어놓으며 도출해 낸 내용보다 더 많은 걸 알고 있을지도 모르고.”

적으로 두면 끔찍하지만, 아군으로 둘 수 있다면 이성진은 더없이 훌륭한 조력자가 되어 줄 것이 분명했다.

거기까지 말한 뒤, 양상춘은 어조를 바꿨다.

“다만 아무리 이성진의 오지랖이 넓다고는 하나, 그라도 이런 일까지 개입할 만한 위험 부담을 감수하기는 쉽지 않을 걸세. 그건 단순한 우정이 아닌, 이번 일이 그에게도 합당한 이득이 되어야만 이성진으로 하여금 발을 내디딜 구실이 되어 줄 거야.”

양상춘의 말에 조세화는 곰곰이 생각하다가 담담히 대답했다.

“우정이라도 괜찮아요.”

“응?”

“성진이는 이미 저와 떼려야 뗄 수 없는 사이나 다름없거든요.”

조세화의 당당한 말에 양상춘은 멋쩍어하며 뺨을 긁적였다.

"그랬나? 심상치 않은 사이라고는 생각했지만 요즘 애들은 상당히 개방적이군그래."

"그런 의미가 아니라."

조세화가 잠깐 얼굴을 붉혔다.

"아까 성진이랑 저, 사업 계획이 있다고 했죠?"

"음. 그랬던 것도 같군."

최서연의 개입이 이성진에게 무슨 이득이 되는가에 대해 양상춘이 물었을 때 나온 이야기였다.

"여기서 그 내용을 말씀드리자면, 조만간 성진이의 회사와 조광 측은 합자회사를 구축하게 될 거예요."

"합자회사라."

"정확히는 제가 지금 가진 지분 일부와 조광의 유통 노하우를 결합한 물류 회사를 차릴 생각이죠."

양상춘이 고개를 까딱였다.

"아, 그렇다면 그 일에 구봉팔 씨도 무관하지 않은 건가?"

구봉팔이 이사장으로 있는 새마음아동복지재단을 최서연이 인수하는 것이 이득이라고 한다면, 구봉팔에게 도움이 되는 일이란 의미일 터.

양상춘의 지적에 조세화가 긍정했다.

"그런 셈이죠. 구봉팔 씨는 조광 내부에서 그룹이 엇나가지 않게끔 중심을 잡아 주실 거거든요. 따지고 보면 이번 인계 건도 구봉팔 씨가 '본업'에 집중할 수 있도록 하는 조치 중 한 가지인 거고요."

"흠, 추진력 하나는 알아주는 삼광 그룹의 SJ컴퍼니와 국내 물류 유통을 꽉 잡고 있는 조광이 손을 잡는다니, 대단한 뉴스감이군. 한 가지 아쉬운 거라면."

양상춘이 빙긋 웃으며 말을 이었다.

"내가 그 이야기를 여기서 듣고 만 바람에 그 전도유망한 회사에 한 발 걸치는 일이 불법이 되었단 걸세."

양상춘이 던진 농담에 조세화가 픽 웃었다.

"내부자거래 말씀이죠? 누가 그런 거 신경이나 쓰나요."

"흠, 경찰 바로 곁에서 그런 말을 하다니, 배짱이 좋군."

조세화와 양상춘은 일부러 서로 농담을 주고받았지만, 정작 강하윤은 방금 전부터 쭉 딱딱한 얼굴인 채였다.

두 사람의 시선을 받은 강하윤이 주저하며 입을 뗐다.

"저…… 그러면 이제부터 최갑철 의원에 대한 조사를 실시할 생각이십니까?"

강하윤의 말에 양상춘은 조세화를 힐끗 쳐다보고 담담한 어조로 대답했다.

"이제부터 차차 조사해 봐야지. 이번 일이 최갑철의 복수인지, 아니면 박상대 주위를 감싼 어떤 아킬레스건을 비호하기 위함이었는지."

"……."

"뭐, 어디까지나 우리끼리 하는 일에 불과하기는 하지만 말이야."

우리끼리 하는 일.

양상춘의 말마따나 조설훈의 죽음에 대한 경찰의 공식 입장은 조지훈에 의한 납치 살해였고, 조설훈과 조지훈의 죽음으로 인해 공식적으로 종결된 사건이었다.

'그러면 나는 앞으로 어떻게 해야 할까.'

고민하는 강하윤을 앞에 두고 양상춘은 조세화와 시선을 주고받은 뒤, 고개를 짧게 끄덕이곤 강하윤을 보았다.

"강 형사."

"예, 박사님."

"자네는 이쯤 해서 본업으로 돌아가는 게 어떤가?"

"……예?"

강하윤이 눈을 깜빡였다.

"본업이라니…… 지금 하고 있는 일이 제 본업입니다."

"내 말은 그게 아니라."

양상춘이 머리를 긁적였다.

"자네가 내 말을 섭섭하게 생각하지 않았으면 싶네만, 단도직입적으로 말하지. 강 형사는 이쯤해서 손을 뗐으면 싶네."

강하윤이 움찔했다.

동시에, 강하윤은 양상춘으로부터 그런 말이 나온 것에 내심 안도하고 마는 스스로에게 놀랐다.

그런 자신이 부끄러워진 강하윤은 그래서 필요 이상으로 목소리를 높였다.

"손을 떼라니, 그게 무슨 말씀이십니까?"

양상춘이 담담한 어조로 강하윤의 말을 받았다.

"이번 일에 강 형사는 많은 도움이 되어 주었어. 그건 여기 있는 세화도 동의할 걸세."

양상춘의 말에 조세화도 보란 듯 고개를 끄덕였다.

"네. 정말이에요. 언니."

"……어째서입니까?"

강하윤이 목소리를 내리깔았다.

"혹시 박사님께선 사건에 거물 정치인이 개입되어 있으면 경찰이 수사하지 못하리라 보시는 겁니까? 경찰은 엄연히 독립된 수사기관으로……."

"그게 아니야."

양상춘이 한숨을 내쉬었다.

"강 형사는 지금도 맡은 바 이상으로 수사에 도움을 주고 있어. 하지만 보통 한 사건에 이렇게 오랫동안 매달릴 수 있는 환경은 좀처럼 주어지지 않네."

"……."

"나도 '한때' 경찰들과 일을 해 봐서 조금 아는 편인데, 경찰 한 사람이 부담하는 업무량은 과중하다고 말해도 손색이

없을 정도지. 아마 자네가 이번 사건에 매달려 있는 동안, 자네의 다른 동료가 강 형사의 일까지 대신해 일을 해 오고 있었을 게야."

양상춘의 말에 강하윤은 머릿속으로 자연스럽게 정진건의 책상에 쌓여 있던 서류 더미를 떠올렸다.

틀린 말이 아니었다.

광수대에 배속된 이후, 정진건은 광수대에서 내려온 업무 외에도 동시에 몇 가지 일을 해내곤 했다.

강하윤에게 다른 사건이 배정되지 않은 건 아직 짬이 되지 않아서가 아니라, 정진건 선에서 모두 받아 주고 있었던 것에 불과하다는 것도.

강하윤은 그제야 깨달았다.

"박사님은요?"

평소 어지간해선 '다' 나 '까'를 어미에 붙이던 강하윤이 던진 말이었다.

"입장으로 따지면 저나 박사님이나 다를 것 없지 않습니까. 정 그렇다면 저도……."

"그러지 말게."

양상춘이 차분히 말을 이었다.

"자랑은 아니지만, 나는 나 혼자 먹고살 정도 돈은 있네."

허언은 아닐 것이다.

양상춘은 피상적으로 보이는 것보다 더 다재다능한 사람

이고, 돈이 돈을 부르는 방법도 잘 알고 있을 것이 분명했다.

"그래서 내겐 나 나름의 가치관이 있고, 그 신념과 상충하는 일 사이에서 선택할 여유가 있지. 하지만 자네는?"

"……."

"나는 방금 자네가 말한, 석동출 형사가 경찰을 관둔 것이 우리에게 시사한 바가 있다고 보았네. 아마, 이 일에 본격적으로 뛰어들게 된다면 자네도 경찰이라는 입장을 유지하며 조사를 이어 가긴 어렵게 될 거란 생각이 들더군."

이성진이나 조세화 같은 재벌에만 눈을 돌릴 것이 아니었다.

강하윤에게는 생을 이어 가야 한다는 구질구질함이 있었고, 자신의 업은 그런 생과 밀접하게 맞닿아 있는 성질의 것이었다.

어렵게 경찰이 되었다.

박봉이라는 말은 듣지만 그래도 이것 덕분에 집세를 내고 밥을 먹고 가스비를 낸다.

그리고 정진건은 그걸, 강하윤보다 피부에 와닿도록 더 잘 알고 있는 것에 불과했다.

요한의 집에 들렀다가 곧장 퇴근한 나는 평소보다 조금 일

찍 집으로 돌아왔다.

내일 있을 모임에 대비해 참가 인원 중 이 시대에 알아 둘 것이 없을까 싶어 명부를 확인할 겸, 저녁 식사 후 방에서 휴식을 취하고 있는데 핸드폰이 울렸다.

내 방에서 컴퓨터를 만지작거리고 있던 한성진이 충전 거치대에서 핸드폰을 뽑아서 내게 곧장 건넸다.

"고마워."

"뭘."

나는 한성진에게서 핸드폰을 받아 곧장 전화를 받았다.

"여보세요."

-성진이니? 나야, 조세화.

"아, 응."

핸드폰 너머 조세화의 목소리가 어째 조금 발랄한 듯 느껴졌다.

-있지, 내일 조금 일찍 만날 수 있어?

금일 그룹 행사가 저녁쯤이니 낮 동안은 밀린 회사 일이나 할까 싶었지만.

"무슨 일인데?"

-으응, 그게…… 아무튼 시간 좀 내줘. 내가 회사로 갈까?

심지어 회사까지 찾아온다니.

이번에는 무슨 꿍꿍이일까 생각했지만, 중요한 일일지도 모르니 내일 하루는 온전히 비워 두기로 했다.

"괜찮아. 문제없어."

–고마워. 그러면 내일…….

나는 조세화와 짧은 통화를 마치고 전화를 끊어 핸드폰을 충전기에 거치했다.

한성진이 모니터에서 고개를 돌려 나를 보았다.

"그 조세화라는 누나야?"

"응."

심드렁하게 대꾸했더니 한성진이 나를 보며 제법 의미심장한 미소를 지었다.

"너, 요즘 그 누나랑 부쩍 잘 어울린다? 게다가 저번엔 집에 와서 회장님도 뵙고 갔잖아."

"일 때문이야."

살인 사건이랑.

한성진이 나를 보며 피식 웃었다.

"희진이랑 사모님 생각은 조금 다른 거 같던데?"

"……."

"농담이야, 농담."

이게 어른을 놀리고.

한성진이 기지개를 쭉 켰다.

"흐음, 가만 보면 너 참 바쁘게 산다 싶어."

"그런 걸로 따지면 너도 만만치 않은데?"

내 말에 한성진은 코드가 빼곡하게 적힌 모니터를 힐끔 쳐

다보곤 어깨를 으쓱였다.

"에이, 아무리 그래도 너하고 비교할 수야 없지."

한성진은 지금 조인영의 부탁을 받아 새로 출시할 게임의 버그 리포트를 작성하는 중이었다.

얼마 전부터 조립식 컴퓨터에 손을 대기 시작한 한성진은 조금씩 부품을 사들여 자신만의 퍼스널 컴퓨터를 맞추는 일에 매진 중이었는데, 그 부품 값을 지금처럼 부업으로 벌어들이는 중이었다.

'아무리 초딩이라도 공짜로 부려먹는 건 내가 용납 못 하지.'

전생의 내 주머니 사정이 어땠는지 가장 잘 꿰고 있는 나로서는 그런 한성진의 모습이 기특하기도 하고, 내가 모르는 내가 되어 가는 듯해서 서운하기도 한, 복잡한 심경이었다.

'생각해 보면 성아도 방송 일로 돈을 버니까 전생보다 집안 주머니 사정도 좀 나아진 편이려나.'

물론 한익태 씨는 한성아가 벌어 오는 돈에는 일체 손을 대지 않고 '나중에 성아 대학비로 쓰겠다'며 차곡차곡 모아 두는 중이었다.

'그것도 나한테 맡겨 주면 왕창 불려 줄 수 있지만…… 이 이상 참견하는 건 오지랖이겠지.'

아마 지금 한 씨 집안 경제 사정이면 이곳에서 지낼 필요 없이 적당한 전세를 구해 나갈 수도 있겠지만, 사전에 맺은

계약 내용이며 한 씨 집안이 이 집에 들어오고 난 뒤 집안 분위기가 일변한 것에 더해 자녀들 학교 문제 등등, 여러 가지 요소를 감안해 아직은 이 집에서 지낼 예정이었다.

나도 이제 와서 한성진이 내 눈 밖에서 지내는 건 생각하고 싶지 않았기에 그들의 결정에 찬성이었다.

'다락방에서 지내게 하는 건 조금 마음이 쓰이지만, 그것도 올해까지니까.'

한성진은 지금 다니는 초등학교를 졸업한 뒤, 나를 따라 분당으로 학군을 옮길 예정이었다.

여기엔 나 혼자는 보낼 수 없다는 사모의 강력한 의견 표명이 한몫했는데, 그러면서 사모는 '성아는 여기에 머무를 것'도 조건에 포함시켰다.

그 결과 한성아는 내가 떠나고 난 뒤 이 방을 쓰게 되었으니, 한성아 입장에서도 나쁜 이야기는 아니었다.

'전생에는 없던 식구들이 늘어나기는 했지만, 이 넓은 집에 꼬마들 지낼 곳이 없지는 않고.'

여담이지만, 자신만 두고 떠나간다며 삐친 한성아를 달래느라 한성진과 나는 한동안 진땀을 빼긴 해야 했다.

"그래서 일은 잘돼?"

내가 던지듯 물은 안부에 한성진은 모니터를 힐끗 쳐다보곤 고개를 저었다.

"글쎄다. 너도 알겠지만 이쪽 일이라는 게 버그가 있으면 있는 대로 문제고, 버그가 안 나오면 그것도 이상하니까."
한성진이 키보드를 몇 번 두드리더니 의자에 등을 기댔다.
"일단 한번 쭉 돌려 본 결과, 문제는 없어."
"이러다가 너, 나중에 우리 회사 취업하겠다."
"하하, 아무리 해 봐도 의사가 안 될 것 같으면 그때 부탁할게."
한성진은 그날 이후 의사가 되겠단 꿈을 쭉 유지하고 있었다.
나니까 하는 말이지만, 암기 능력 하나는 발군이니 어련히 잘하지 않을까 싶기는 하다.
"아 참, 그러고 보니까."
한성진이 의자를 돌려 나를 보았다.
"택진이 형 회사 관뒀대."
"……그래?"
한성진은 이렇게 내가 놓치기 쉬운 주변 정보를 정리해 내게 들려주기도 했다.
'그러도 보니, 전생에도 이맘때였나?'
한성진이 고개를 끄덕였다.
"응, 형석이 형한테 들었어. 그 형, 회사를 차려 볼 생각이래."
"흐음."
"뭐, 그 형이니 잘하겠지마는…… 그런데 정주 형 회사를 나간, 누구더라……. 김 뭐였는데.”

“김재경?”

“아, 맞아. 그래. 그 사람.”

한성진이 손가락을 튀겼다.

“택진이 형이 그 사람을 데려간다고 하더라고. 그래서 지금 정주 형 쪽은 그다지 기분이 좋지만은 않은 것 같아.”

언젠가 임정주의 회사 핵심 개발원이자 공동 창업자인 김재경이 의견 충돌로 넥스트를 나갔다는 이야기는 들었는데, 그가 이번엔 최택진에게 간 모양이었다.

‘역사대로 흘러가는 것도 있긴 한 모양이군.’

한성진이 팔걸이를 손가락으로 톡톡 두드렸다.

“흠, 이러면 정주 형이나 너한테는 라이벌이 생기는 건가…….”

“라이벌이라니?”

“그야, 그렇잖아.”

한성진이 대답했다.

“택진이 형은 한대전자 쪽에서 투자를 받아서 들어간다고 했거든. 이번에 한대전자가 인터넷 사업을 만든 김에 그, 음, 그쪽 용어는 잘 모르겠는데. 아무튼 거기서 회사 설립에 필요한 자본을 지원해 준다는 모양이야.”

한대전자에서 아예 네트워크사업부 계열사를 분리 독립시키려는 모양이었다.

'하긴, 그런 움직임이 보이긴 했지.'

그리고 한대전자에 몸담고 있던 최택진은 때마침 그쪽에서 밀어주는 김에 자리를 잡기로 한 모양이고…….

'아니, 그게 아니라.'

그보다, 넥스트와 AC를 내 산하에 두려던 나는 한성진이 가져다준 예상외의 정보에 잠시 얼이 나갔다.

"……그게 무슨 말이야?"

"어라, 몰랐어?"

'너도 모르는 게 있냐'며 나를 쳐다보던 한성진이 말을 이었다.

"뭐, 나도 인영이 형이나 형석이 형한테 들은 건데…… 요새 들어 인터넷이 대중에게 흥미를 끌고 있잖아? 소위 말해 돈이 된다는 게 보이기 시작하니까 대기업들이 너나 할 거 없이 과감하게 투자를 하고 있다나 봐."

한성진이 어깨를 으쓱였다.

"어차피 다들 삼광이 먼저 한 걸 뒤늦게야 따라하는 모양이니 너한테는 아무 문제 될 거 없지 않아? 저쪽은 어디까지나 이 사업이 뜰 것 같으니까 제대로 해 보겠단 심산일 테고, 이미 삼광 쪽이 구축해 놓은 시스템 구조는 저 구름 위에 있는걸."

형들의 말을 인용한 것이기는 하겠지만, 한성진의 말은 사태를 제법 정확히 꿰는 말이었다.

"게다가 네가 언젠가 했던 말마따나 시장의 파이 자체가 커지는 판국이니 형들은 좋은 게 좋은 거라고 생각하는 모양이야."

그런 와중 나는 한성진이 가져다준 소식에도 마냥 웃을 수가 없었다.

'……역사가 바뀌고 있는 건가?'

그야, 아예 짐작이 가지 않는 건 아니었다.

요 몇 달간 대한민국을 떠들썩하게 만든 박상대 스캔들이 촉발된 건 그간 이 시대 대중이 막연한 개념만 갖고 있던 인터넷을 통해서였고, 거기서 높으신 분들은 인터넷이 가진 가능성과 힘에 주목하기 시작했을 것이다.

게다가 삼광전자는 클램을 통해 전자사업 분야에서 때 이른 대성공을 거둬들였고, 원래 역사에선 형색만 유지하던 한대 그룹도 '이 사업은 돈이 된다'는 걸 눈치챈 것이리라.

'전생처럼 자동차에나 집중하지, 왜 여기까지 노리고 그래…….'

씁.

확실히, 소위 말해 그간 '어그로가 끌렸다'.

기업이란 결국 돈의 흐름을 좇기 마련임을 나는 어째서 간과하고 말았던 것일까.

'기업이란 생물이라더니, 그 말이 맞네.'

그야, 한성진의 말마따나 그들이 몇 년 전부터 탄탄히 기반을 구축해 온 삼광을 쫓아오긴 힘들 것이고, 대한민국 IT업계의 파이 자체가 커지는 것도 맞다.

'하지만 그만큼 거품이 터지면 피해도 커지겠지.'

IMF이후, 벤처 열풍과 더불어 IT 붐이 일었다.

사람들은 컴퓨터 환경의 재도약을 보며 장밋빛 꿈에 부풀었고, 이는 IT 산업과 연관되면 메주에 IT가 붙어도 일품 된장이 될 것이라 믿을 정도였다.

그래서일까, IMF 사태로 갈 길을 잃은 각종 쌈짓돈이 각종 IT기업으로 흘러 들어갔고, 과대포장 된 몇몇 벤처 업계는 그걸로 돈 잔치를 하다 급기야 거품이 꺼짐과 동시에 회사가 터져 나가기에 이르렀다.

'그때 당시 출범한 기업 중 살아남은 회사는 결국 손에 꼽을 정도였지.'

나는 어쩌면 이번 징후는 추후 IMF와 시너지를 일으키는 악재로 거듭나게 될지도 모른단 생각이 들었다.

"어렵네."

내 중얼거림에 한성진이 눈을 깜빡였다.

"어렵다니?"

"아니, 아무것도 아니야."

나는 고개를 저었다.

"그냥, 나는 당연히 택진이 형이 우리 회사 쪽으로 들어올 줄 알았거든."

"으음, 뭐, 그건 조금 서운하기는 한데."

한성진이 쓴웃음을 지었다.

"잘은 모르지만, 택진이 형은 형 나름대로 입장을 고려한 게 아닐까?"

"입장?"

"응, 김재경이라는 사람도 택진이 형 회사로 들어갔고, 그렇게 되면 택진이 형 입장에 정주 형 보기가 조금 껄끄러울 것 같아서. 게다가 재직 중이던 회사에서 창업을 밀어준다고 하는데, 그 형 입장에 굳이 그걸 마다할 이유도 없다고 생각해."

한성진의 말은 감정에 치우친 추측이 섞여 있긴 했으나, 정론이긴 했다.

'그런 것보단 눈앞에서 먹잇감을 빼앗긴 내 입장은 뭐가 되는 거냐 싶은데.'

나도 그간 무사태평하게 굴러가는 회사를 보며 안일했던 걸지 모르겠다.

'에휴, 일단 내 아래 국내 거대 게임사 두 개를 거느리려고 했던 계획은 잠시 무산된 것 같군.'

그래도 아직 희망이 완전히 사라진 건 아니다.

'한대전자가 최택진을 감당하지 못하고 내치면 그때 날름 주워 먹어 봐야겠군.'

내게 그럴 기회가 온다면 말이지만.

나를 물끄러미 쳐다보던 한성진이 모니터로 고개를 돌렸

다.

"그나저나, 내일 금일 그룹 모임이랬지?"

"응."

"그러면 거기 김민정도 와?"

"오겠지. 민혁이 형이 그런다고 했으니까."

"흐음."

"왜, 너도 갈래?"

"아니. 사실 나, 그런 자리는 불편해서."

나도 안다.

나는 예나 지금이나 그런 사람 많은 사교장이라면 질색을 하니까.

한성진이 한숨을 내쉬며 타닥타닥 키보드를 두드렸다.

"게다가 나 참, 그나저나 김민정도 간다니, 아수라장이 따로 없겠네."

"왜? 가서 만나더라도 피차 초면일 텐데?"

오히려 어떤 면에선 둘이 비슷한 점도 있으니, 죽이 잘 맞을지도 모른다.

"……난 몰라."

한성진은 그렇게 말하곤 플로피 디스켓에 업무 내용을 복사해 넣었다.

"아무튼 컴퓨터 잘 썼어."

"아, 그래."

다락방에도 모뎀 선을 연장하면 인터넷이 될 텐데, 인터넷 사용 시간이 곧 돈인 지금 시대에는 한성진도 (남의 집에서)마음 놓고 인터넷을 쓰진 않았다.

"아 참."

인사 후 방을 나가려던 한성진이 문 앞에서 발걸음을 멈추고 나를 보았다.

"너 요새도 박세나랑 연락 주고 받냐?"

박세나란, 이휘철의 생일잔치 때 만난 퀄컴 관계자의 딸로 현재는 미국에 거주 중이다.

"가끔? 음, 생각해 보니까 요즘 그럴 겨를이 없긴 했네."

"그랬구나. 김민정은 꾸준히 펜팔 하는는 모양이더라고. 그런데……."

한성진은 거기까지 말하려다가 고개를 저었다.

"아니다. 그냥 내일 김민정한테 들어."

"왜?"

"굳이 이유를 말하자면, 나도 남이 한 이야기를 옮기는 건 바람직하다고 생각하지 않아서야."

흠, 그건 좀 멋있는 이유네.

한성진이 웃으며 말을 이었다.

"게다가 가서 조금이라도 대화할 주제가 있으면 좋잖아?"

저 녀석은 여전히 나랑 김민정 사이를 엮어 주고 싶어 하는 모양이다.

"아무튼 이만 올라가 볼게. 잘 자."

"그래, 너도."

한성진이 방에서 나가고 난 뒤, 나는 컴퓨터 앞에 앉았다.

'그나저나 한대 쪽에서 인터넷 사업을 이어 갈 예정이랬나? 잠들기 전까지 만이라도 한성진이 말한 내용을 확인해 봐야겠군.'

다음 날 아침, 장건후가 회사로 차를 끌고 왔다.

'수리가 끝난 모양이군.'

사장실에 있던 나는 내 핸드폰으로 걸려 온 전화를 받자마자 지하 주차장으로 향했고, 거기서 나를 기다리고 있던 장건후를 만났다.

"오셨습니까, 사장님!"

장건후는 나를 보자마자 90도로 허리를 꺾어 가며 정중하게 인사했다.

'군기가 바짝 들었네.'

그건 꽤 바람직하지만, 그것도 장소를 좀 봐 가면서 했으면 싶다.

누가 봐도 조폭처럼 생긴 남자가 초등학생을 향해 큰 소리로 인사하는 건, 어느 모로 보나 괴상망측한 일이니까.

'그나마 여기가 VIP전용 주차장이어서 다행이군.'

나는 적당히 눈짓으로 그 인사를 받으며 장건후가 끌고 온 차 조수석에 올라탔다.

장건후는 어리둥절해하는 얼굴을 했다가 내 뒤를 따라 운전석에 올라탔다.

"사장님, 보시는 대로 수리는 깔끔하게 마쳐 두었습니다."

"예, 저도 보았습니다."

"그리고 헤헤, 세차도 말끔하게 해 두었습죠. 새 차처럼 깨끗할 겁니다."

나는 건성으로 고개를 끄덕였다.

"수고하셨습니다."

"아, 그리고 거기, 조수석 박스……."

"글로브 박스요?"

"예. 그렇게 부르는군요. 글로브 박스에 시키신 내용을 정리해 넣어 두었습니다."

새삼스럽지만, 권총을 강이찬에게 맡겨 두길 잘했단 생각이 들었다.

확인해 보니 장건후가 말한 대로 글로브박스 안에는 서류가 들어 있었고, 장건후가 얼른 말을 이었다.

"시키신 여진환 순경 조사 자료입니다. 그런데……. 서류 먼저 보시겠습니까?"

장건후는 이제야 새삼 조심스러워하는 기색으로 목소리를

낮췄다.

"아뇨, 먼저 장건후 씨께 듣기로 하죠. 어땠습니까?"

사실 내가 장건후에게 여진환의 뒷조사를 명한 건 어디까지나 그가 쓸 만한지 여부를 알아보기 위함이었고, 어차피 여진환이 누구인가 하는 일엔 별로 신경을 쓰지 않았다.

'그냥 커피 좋아하는 순경이겠지, 뭐.'

그가 다른 사람도 아닌 나를 의식하고 있다는 것에는 흥미가 있었지만, 그것도 강하윤에게 들었다면 그러려니 하는 정도였다.

그런데 장건후의 안색이 심상치 않았다.

"그게 말입니다."

장건후가 마른침을 꿀꺽 삼켜 가며 입을 뗐다.

"그 친구, 알아보니까 빵빵한 집안 도련님이더군요."

"도련님?"

다른 사람도 아니고 내 앞에서 '빵빵한 집안 도련님' 운운할 정도면, 여진환은 일반적인 중상류층 인물은 아닐 터.

장건후는 자신이 대단한 사실을 알아냈고, 이를 내게만 폭로하는 것이라는 듯 뜸을 들였다가 말을 이었다.

"그게, 여진환 순경은 여종범 검찰총장의 아들이었습니다."

"……흐음."

"또, 위로 형님이 둘 있는데 다들 법조계에 종사하고 있었고 말입니다."

여종범 검찰총장이라.

과연, '빵빵한 집안 도련님'이라 할 만했다.

'그나저나 여종범 검찰총장이면, 이번에 김보성 검사를 좌천시킨 장본인 아니야?'

공교롭다면 공교로운 이야기였지만, 나는 그 공교로움에 조금 놀랐을 뿐 그 사실 자체에는 별로 개의치 않았다.

'어차피 은퇴도 머지않은 양반이고.'

다만, 그런 잘나신 집안 자제분이 어째서 서울 변두리에서 순경 생활을 하고 있느냐는 정도에서 약간의 호기심이 일기는 했다.

"그랬군요."

내 반응이 생각하던 것보다 담담했던 탓인지 장건후는 조금 겸연쩍어 보였다.

"흠, 흠. 아, 그리고 저도 조사하다가 알게 된 건데 말입니다, 중요한 건지 아닌지는 몰라서……."

"뭡니까?"

"예, 사장님도 아시다시피 이번 사건은 그, 조설훈이 죽은 거랑 연관되어 있지 않습니까?"

"……그렇죠."

"알아보니까, 그때 위증을 한 석동출 형사가 여진환이랑 같은 고등학교를 나왔더군요."

"……."

"물론 우연에 불과한 걸 수도 있습니다만, 하하하……. 혹시나 해서요."

나는 장건후가 변명처럼 덧붙인 말을 한 귀로 흘리며 생각에 잠겼다.

'흠, 이건 정말로 우연인가?'

물론 같은 고등학교를 나왔다고 해서 그것만으로 여진환이 석동출 형사와 알고 지내는 사이라는 근거는 되지 않는다.

하지만 공교롭게도 여진환은 석동출과 마찬가지로 경찰 출신이자, 석동출과 광수대로 접점이 있는 강하윤의 지인이기도 했다.

'단순한 우연의 일치로 치부해서만은 안 될 것 같군.'

심지어 여진환은 강하윤과 함께 장건후를 찾아오지 않았는가.

다시 말해 여진환 역시 이번 사건의 관계자이기도 하단 의미였다.

'어쩌면 그가 나를 만나 보고자 한 것도 단순히 로스트 빈의 팬이어서는 아닐지도 몰라.'

생각을 마친 나는 고개를 끄덕였다.

"잘하셨습니다."

"예? 아, 네. 감사합니다."

장건후는 어리둥절한 얼굴로 내 공치사를 받았다.

"도움이 되었습니까?"

"예. 무척요."

나는 미소 띤 얼굴로 장건후를 보았다.

마냥 빈말이 아니라, 단시간에 이런 정보를 모아 온 장건후는 제법 쓸 만했다.

'나도 언제까지나 유상훈 변호사 신세를 질 수 없던 상황이니, 앞으로도 뒷조사가 필요해지면 이 녀석을 종종 써먹어야겠어.'

뭐, 단순히 소 뒷걸음치다 쥐 잡은 격일 수도 있지만.

내 칭찬에 고무된 장건후가 히죽 웃으며 가슴을 탕탕 두드렸다.

"그러면 앞으로도 저 장건후를 믿고 맡겨 주십시오. 안 그래도 여진환이랑 연결 고리를 만들어 두었지 말입니다."

"연결 고리요?"

"예, 그러니까."

장건후는 구봉팔과 나를 만났던 날, 아지트에서 자신을 기다리고 있던 여진환에게 자신이 어떤 식으로 접근했는지에 관한 무용담을 늘어놓았다.

"물론 제가 봉팔이, 아니 이사님을 배신할 리는 없습니다만, 여진환 같은 헛똑똑이들은 제가 그렇게 나오지 않고선 마음을 터놓지 않거든요."

나는 장건후에게 칭찬을 해 주었다.

"좋군요. 장건후 씨를 다시 보았습니다."

"역시 사장님은 제 진의를 알아보실 줄 알았습니다."

솔직히 그건 좀 과하지 않나 싶긴 했지만.

그 왜, 칭찬은 고래도 춤추게 한다고 하지 않던가.

게다가 돈이 드는 일도 아니고.

'단순한 인간.'

나는 미소를 유지한 채 고개를 끄덕였다.

"그러면 장건후 씨는 앞으로도 단순 서류상으로는 드러나지 않는 이면을 확인해 주십시오. 제 생각입니다만, 여진환 순경은 사건의 핵심에 다가가는 열쇠를 쥐고 있는 것 같거든요."

"맡겨 주십시오, 사장님! 시키신 이상으로 성과를 보여 드리겠습니다!"

이래서 부하는 단순할수록 좋다.

장건후도 나름대로 야망과 욕망이 있는 인물이겠고, 어쩌면 구봉팔의 자리를 대신 차지하고 싶단 생각을 하는 걸지도 모른다.

하지만 그 욕망의 본원이 일차원적이고 단순한 인물인 이상, 조금만 목줄을 당겨 줘도 제 갈 길이 어딘지, 자신이 주인을 앞장서 걷는 개라고 착각하듯 움직여 주리라.

'적당히 부려 먹다가 나중에 계륵 같은 감투나 하나 씌워

줘야겠군.'

그 뒤, 나는 장건후에게 지갑에서 택시비를 듬뿍 건넸고, 강이찬에게 전화를 걸어 차량 수리를 마쳐 주차장에 두었다고 일러 주었다.

—예, 사장님.

"아, 그리고 오늘은 조금 늦게까지 고생해 주세요. 아시다시피 금일 그룹 행사에 참석해야 해서."

—예, 인지하고 있습니다.

"그래요. 그러면 나중에 뵙죠."

그리고 나는 사장실로 돌아와 밀린 업무를 보았다.

장건후가 차를 가져온 것과 업무를 본 것 외에도 오전은 제법 바쁘게 흘러갔다.

전예은이 사모의 단골 양품점에서 내 턱시도를 찾아와 한 차례 시착을 했고, 그때 마침 김민혁이 찾아와 내게 따봉을 해 준 뒤 돌아가는 등의 일이 있었다.

"이사님의 말씀을 들으니 저번에도 이런 자리가 있었나 보네요."

나는 재킷을 벗어 전예은에게 건넸다.

"예. 마지막으로 턱시도를 입어 본 건 경영고문님이 삼광그룹 회장이실 적 일이지만요."

"그러면 몇 해 전이네요. 귀여웠겠어요."

"아마도요. 뭐, 지금도 귀엽게 보려면 볼 수 있지만 말입니다.”

“…….”

“왜요?”

“아, 아뇨. 그럼, 따로 수선할 곳은 없어 보이니 가시기 전까지 보관해 두겠습니다.”

전예은은 황급히 고개를 숙인 뒤 종종걸음으로 사장실을 떠났다.

‘싱겁긴.’

그렇게 오전을 보내고, 점심쯤 해서 조세화가 내게 전화를 걸었다.

–지금 나 회사 앞이야.

“아, 그래?”

힐끗 손목시계를 보니 벌써 조세화와 약속한 점심 무렵이어서 조금 놀랐다.

“그러면 시저스에서 기다릴래? 메일만 보내고 갈게. 입구에서 내 이름을 대면 따로 안내해 줄 거야.”

–넌 오늘 같은 날도 여전히 바쁜가 보네. 알았어, 그럼 거기서 보자.

나는 전화를 끊은 뒤 조금 더 일을 보다가 시저스로 향했다.

‘여기도 쿠폰 제도나 마일리지제를 도입했다면 그걸로 벌써 한 번은 공짜로 먹었겠군.’

얼마 전 강하윤과 왔을 때와 달리 이번에는 입구로 향할 필요도 없이, 관계자용 출입구를 통해 곧장 VIP룸으로 향했다.

"아, 성진아."

그리고 나는 거기서 조세화 곁의, 낯설지만 낯설지만은 않은 인물과 대면했다.

"안녕."

요한의 집에서 안면을 텄던 양상춘이었다.

'이 인간이 여긴 왜……. 흠, 설마하니 이제부터 본격적으로 시동을 걸어 볼 생각인가?'

전예은에게 들은 바, 양상춘은 나를 조설훈 살인의 공범 내지 핵심 관계자로 파악하고 있었다.

'그리고 조세화는 예상했던 대로 그 길로 곧장 양상춘과 연락을 한 거고.'

그렇게 생각했더니 이 자리를 만든 조세화가 조금 서운할 뻔했지만, 이내 그런 생각을 관뒀다.

'아니, 그런 거라면 내 구역에서 도발을 하려 들진 않겠지. 아마도 다른 꿍꿍이가 있는 걸 거야.'

나는 속내를 내색하지 않는 미소로 양상춘의 인사를 받았다.

"안녕하세요."

그리고 조세화를 향해서도 미소를 보냈다.

"박사님도 오실 줄은 몰랐는데."

"미안, 말 안 해서."

"아니야. 박사님이 오실 줄 알았으면 다른 곳에 모셔도 되었을 거란 생각을 했거든."

내 에두른 비난이 지나치게 에두른 것이었는지, 아니면 알고서도 모른 척하는 건지—왠지 후자일 듯하다만—조세화가 빙긋 웃으며 대답했다.

"왜, 나도 들어오면서 봤지만 시저스 본점 괜찮던데? 나도 그동안 한번 와 봐야지 생각하고 있었고……. 아, 직원도 친절하더라."

"그래?"

"응. 그나저나 장사 잘되더라? 네 이름이 없었으면 우리도 줄을 설 뻔했어."

조세화는 과장된 몸짓으로 한숨을 내쉬곤 VIP룸을 이리저리 둘러보았다.

"그리고 인테리어도 가게 컨셉을 명확하게 보여 주는 것 같아서 마음에 들어. 뭐, 네 취향은 아닌 것 같지만."

"맞아. 가게 인테리어는 브랜드 이미지를 해치지 않는 선에서 점주들 의향에 맡기고 있지."

나는 자리에 앉으며 양상춘을 보았다.

"박사님께선 바쁘실 텐데, 이런 먼 곳까지 찾아와 주셨군요."

"신경 쓰지 말게. 지금은 남아도는 게 시간이니까."

아, 그래. 백수랬지. 지금은.

조세화가 끼어들었다.

"일단 뭣 좀 시킬까? 여기 뭐가 맛있어?"

"그거 식당 주인이 싫어하는 질문인데."

"왜?"

나는 보란 듯 어깨를 으쓱였다.

"그야, 식당 주인 입장에서는 모든 음식이 다 맛있습니다, 하고 말하고 싶을 테니까. 어떤 특정 음식을 추천한다는 건 다시 말해서 다른 건 추천하지 않는단 의미도 되잖아? 그럴 거면 주력이 아닌 다른 걸 메뉴에 넣는 것 자체가 고객에 대한 기망행위지."

"아…… 그렇게 볼 수도 있구나."

조세화는 멍하니 고개를 끄덕였고, 양상춘이 픽 웃으며 나를 보았다.

"그러면 이렇게 묻지. 대표 된 입장에서 여기 처음 온, 앞으로 단골로 거듭날 가능성이 무궁무진한 손님에게 이 식당의 가장 기본이 되는 메뉴를 추천해 줄 수 있겠나?"

"그건 고객의 취향이나 의향을 배제하고서 말씀인가요?"

양상춘이 안경 너머로 눈을 반짝 빛냈다.

"그렇지. 애석한 이야기지만 우리는 아직 음식 취향을 파악하고 있을 정도로 사귐이 깊지 않으니 말일세. 참고로 난 음식 알레르기가 없으며 딱히 가리는 것도 없으니 추천에 제한은 없네."

나는 그가 이 자리에서 나를 떠보는 것임을 눈치챘지만, 그 의도는 도통 알 수가 없었다.

'괴짜라는 건 파악하고 있지만……. 생각 이상으로 괴짜인 모양이군.'

나는 고개를 끄덕였다.

"그렇다면 박사님께는 기간 한정 메뉴를 추천하겠습니다."

"호오, 기간 한정이라? 첫 고객에게 추천하는 것치곤 자못 도전적이지 않은가."

"시저스는 대중식당을 지향하고 있습니다. 그러니 어느 것을 내놓건 호불호는 적죠. 그리고 손님의 다음 방문이 언제가 될지 모르지만, 이 식당이 마음에 드셨다면 오늘 놓친 한정 메뉴가 두고두고 마음에 걸릴 것 같군요. 만일 기간 한정 메뉴가 입에 맞는다면 그땐 다른 메뉴도 드셔 보시길 권장해 드리겠습니다."

양상춘이 씩 웃었다.

"난 설득당했네. 그러면 그걸로."

"예. 세화는?"

"응? 아, 그러면 나도 같은 걸로……."

나는 벨을 눌러 메뉴를 주문한 뒤, 고개를 돌려 두 사람을 보았다.

"그런데 두 분이 함께 계시는 걸 보니 조금 신기하네요. 세화랑 그새 친해지셨나 봐요?"

나는 의뭉스런 미소와 함께 그들이 의식하게끔 주제를 본론으로 끌고 들어갔다.

조세화는 원탁을 둘러싸고 나와 양상춘 사이에서 눈치를 살피다가 대답했다.

"사실, 박사님께 개인적으로 도움을 받고 있거든."

"도움?"

"……."

조세화가 아랫입술을 잘근 씹었다.

"솔직하게 말할게."

말을 이어 가는 조세화는 더 이상 과장된 표정과 어조를 보이지 않게 되었다.

"나, 우리 아빠를 죽인 범인을 찾고 있어."

이거, 지나치게 솔직하군.

'그것도 심지어 밥 먹는 자리에서 할 말은 아니야.'

나는 조세화의 그 당돌하기까지 한 솔직함 앞에 어떤 표정을 지어야 할지 몰라 잠시 당황하고 말았다.

한편으론 그랬기에, 내가 그에 맞춰 '놀랐다'는 대응을 하는 건 어렵지 않았다.

"세화 너, 지금 무슨 말을 하는 거야?"

다만 이미 다 알고 있는 내용에 대해 나는 처음 듣는 이야기라는 연기를 해야 했다.

"아저씨를 살해한 범인이라니?"

물론, 거기에 약간의 당혹감까지 곁들여서.

양상춘이 이 자리에 있을 때부터 어느 정도 마음의 준비는 하고 있었지만, 내 연기가 잘 먹혀들었을까?

"……."

난처해하는 조세화의 반응을 보니 아무것도 몰랐다는 내 연기가 잘 먹힌 듯했다.

"나도 어디서부터 설명해야 할지는 잘 모르겠는데……."

조세화는 양상춘을 힐끗 쳐다보았다가 재차 말을 이었다.

"성진이 넌, 이 일에 대해 어디까지 파악하고 있어?"

"파악은커녕……."

공식적으로 내 입장은 '조설훈과 조지훈이 (조성광 회장을 포함해)한날 한시에 죽었지만, 그 구체적인 사안은 불명'이라는 언론의 보도와 상통했다.

'그 바람에 인터넷에선 별의별 음모론이 다 튀어나왔지.'

하지만 동시에, 나는 조세화와 '공범'이기도 했다.

언젠가 나는 조세화에게 조지훈이 트로피에 설치한 도청기를 건네주었고, 조세화는 그것을 조설훈에게 알렸다.

조성광의 장례식장에서 조설훈과 조지훈의 부고를 전하며, 조세화는 그것이 조설훈에게 조지훈이 설치한 도청기를 알린 것 때문이라는 공연한 자책에 빠졌다.

즉, 나는 이 일에 대해 '짐작 가는 바가 없지는 않은 막연한 진실만을 알고 있을 뿐'이란 입장을 견지해야 했다.

'조금 자초하긴 했지만 연기 주문이 어렵군.'

그렇게 나는 의도적으로 양상춘을 힐끗 살피며 조세화의 말을 받았다.

"그런 것보다 아저씨는 어떻게 돌아가신…… 아, 미안."

"아니야. 괜찮아."

"……응. 그러면…… 그 범인은 조지훈 씨도 살해한 거니?"

내 말에 조세화는 괴로운 표정을 지었다.

'그야, 그렇겠지. 조지훈을 죽인 건 조설훈이니까.'

내 물음에 대답조차 하지 못하는 조세화를 대신하듯 양상춘이 끼어들었다.

"의외로 자네는 아무것도 모르는 모양이군."

호오, 이것 봐라.

조세화를 속이는 건 별로 어렵지 않지만, 눈앞의 양상춘은 경계할 필요가 있었다.

방금 그 질문도 단순한 질문이 아닌, 내가 이번 사태와 관련해 어느 정도 선까지 정보를 수집해 두었는지 판단하려는 의도를 포함하고 있는 것일 터이니까.

나는 지금 양상춘이 무슨 의도로 그런 질문을 던졌는지 모르기에—심지어 그는 나를 범인 내지 배후자로 생각했던 인물이니—일단 거리를 두었다.

"의외로? 지금 그게 무슨 말씀이세요? 저는 지금 세화가 한 말을 받아들이는 것만으로도 벅찬데……."

"아니. 나는 자네라면 이번 사건에 대해 나름대로 뒷조사를 해 보았을 거라고 생각했거든."

나를 언제부터 알고 지냈다고.

그렇다고 내가 양상춘의 명명백백한 도발에 넘어갈 정도로 인생을 쉽게 살지는 않았다.

나는 일부러 양상춘을 노려보았다.

"물론 저도 회장님의 장례식장에 있었으니, 두 분의 부고가 동시에 전해졌다는 것은 알고 있습니다. 그게 호사가들의 말처럼 어딘가 수상쩍을 수 있다는 것도요. 하지만 그렇다고 친구의 비극을 두고 그걸 일부러 파헤칠 만큼 경우가 없는 사람은 아니에요."

"성진아."

조세화가 당황하며—그리고 조금 감동한 얼굴로—나를 말렸다.

"괜찮아."

"하지만……."

"그리고 박사님께선 지금 나를 도와주시는 거야. 따지고 보면 오히려 너한테 아무런 말도 하지 않은 내가 잘못한 거지. 미안해."

나는 착잡한 얼굴로 조세화를 보다가 양상춘에게 고개를

꾸벅 숙였다.

“죄송합니다. 박사님. 말이 지나쳤습니다. 사과드리겠습니다.”

“……아닐세.”

조세화도 깜빡 속아 넘어간 내 연기를 빤히 쳐다보고 있던 양상춘이 고개를 저었다.

“방금은 나도 조금 무례했지. 앞으론 주의하겠네.”

“…….”

“그러면 자네가 아무것도 모른다는 가정하에 이야기를 시작해야겠군.”

‘가정’이라.

괜히 한마디 거드는 걸 보니 나에 대한 의심을 거둔 것 같진 않다.

양상춘이 조세화를 보았다.

“그러면 지금부터 이번 사건에 대해 이야기를 시작해 볼 셈인데, 괜찮겠나?”

조세화가 단호한 얼굴로 고개를 끄덕였다.

“네.”

“……좋아.”

양상춘이 고개를 돌려 나를 보았다.

“자네도?”

“……그보다 먼저 여쭤볼게요.”

"해 보게."

"저에게 이런 이야기를 하시는 저의가 뭔가요?"

양상춘이 대답했다.

"첫째, 자네도 이 일과 무관하지 않다는 점."

"……."

반박을 할까 고민하다가 양상춘의 말을 계속 들어 보기로 했다.

'하긴, 내가 어느 부분에서 유관한가에 대해 말하지 않았으니 거기에 화내는 건 저쪽의 노림수지.'

기다렸더니 양상춘이 말을 이었다(내가 잠자코 있는 게 아쉬워 보였단 건 내 착각이길 바란다).

"둘째는 범인을 찾는 일에 자네의 도움이 필요할지 몰라서일세."

"……좋아요."

나는 고개를 끄덕였다.

"굳이 이런 자리를 만들었단 건, 세화도 동의했단 의미일 테니까요."

내 말에 조세화는 미안해하는 얼굴로 어깨를 움츠렸다.

"미안."

"아니야. 네가 내 도움이 필요하다고 판단한 일이라면, 얼마든지 도울게."

"……성진아."

"만약 조설훈 아저씨를 살해한 범인이 있는 거라면, 나도 그 범인을 꼭 잡았으면 하니까."

이건 빈말도 거짓말도 아니다.

조설훈의 죽음이 내게 이득이 되어 주고 있단 건 사실이지만, 그렇다고 그다음 화살이 나를 향하지 않을 것이란 보장도 없으니까.

'……어쩌면 범인은 이번 일로 내가 얻을 이익의 수혜자일지도 모르고.'

나는 양상춘을 보았다.

"말씀해 주세요. 뭐가 어떻게 된 일인가요?"

"……흠, 묻지 않는 건가?"

"뭘요?"

양상춘은 망설이다가 미끼를 물었다.

"자네가 이 일과 무관하지 않다는 점에 대해서."

"네?"

나는 고개를 갸웃했다.

"당연히 무관하지 않죠. 조설훈 아저씨는 세화의 아버지일 뿐만 아니라 제 지인이기도 한걸요."

"……이거 실례했군."

양상춘은 손끝으로 안경을 밀어 올리며 방금 전 나를 떠본 걸 없는 일 셈 치듯 뻔뻔하고 태연하게 말을 이었다.

"그러면 우선…… 자네에겐 경찰 측의 공식 입장을 말해 주지.”

그리고 양상춘은 담담한 어조로 ‘조지훈이 조설훈을 납치 살해하였다’는 경찰의 공식적인 수사 입장을 말했다.

‘……그야말로 이번엔 어떤 표정을 지어야 할지 모르겠는걸.’

그래서 마음 가는 대로 연기했다.

양상춘은 그런 나를 보며 물었다.

“이쯤해서 의견을 듣고 싶군. 자네는 어떻게 생각하나?”

“네?”

멋대로 주어를 생략하니까 단순 감상을 묻는 건지, 아니면 현장의 위화감을 묻는 건지 모르겠다.

양상춘이 말을 이었다.

“조지훈 씨가 조설훈 씨를 살해했다는 것에 자네의 편견 없는 추리가 궁금해서.”

흠, 여기서도 나를 떠보려는 건가.

조세화에게 좀 말려 보란 신호를 던져 보고 싶었지만, 조세화 역시도 진지한 얼굴로 나를 바라볼 뿐이었다.

‘하는 수 없군.’

뭐, 양상춘은 나를 의심한 것과 별개로, 아니 그것도 포함해 나를 꽤 높이 평가하는 모양이니 이제 와서 너무 천진난만하게 보여도 이상하게 여길 테니까.

나는 대답했다.

"선제 지식이 없지는 않으니 완전히 편견을 배제할 수는 없겠지만…… 조금 이상하긴 하네요."

"어떤 점이?"

"그야……."

나는 머리를 긁적였다.

"아까 들은 조설훈 아저씨를 살해한 범인을 찾는 중이란 세화의 말을 차치하더라도, 저 개인적으론 조지훈 아저씨가 조설훈 아저씨를 살해할 까닭이 없다고 생각하거든요."

"어째서지?"

"음…… 설령 조설훈 아저씨의 죽음으로 조지훈 아저씨가 회장님의 유산을 모두 상속받는다 하더라도 조지훈 아저씨는 지금 세화가 처한 입장과 비슷한 상황에 처하실 거라고 생각했어요."

나는 재차 말을 이었다.

"조광 그룹의 실세는 조설훈 아저씨였고, 지금도 조설훈 아저씨 파벌이 세화를 압박하는 중이에요. 그야 조지훈 아저씨도 어느 정도 원래 지분이 있으니 지금 세화보단 조금 더 사정이 나을 수 있겠지만, 그것만으로는 이사진을 설득하기 힘들 거라고 보거든요. 게다가……."

나는 일부러 조세화의 눈치를 살폈고, 조세화는 고개를 끄덕여 괜찮다는 신호를 보냈다.

'그래, 이 화제는 그녀가 먼저 꺼낸 것이기도 하니까.'

그렇다고는 하나, 방금 그것도 내 입장을 견지할 필요가 있었기에 필요한 절차였다.

"……조지훈 아저씨 입장엔 가만히 있기만 하면 알아서 조설훈 아저씨 파벌이 분열되는 걸 기다릴 수 있는 입장이에요. 세광이 형이 지금 구속된 상황이니까요."

그것뿐만 아니라 조설훈에게는 박상대 리스크까지 있으니, 그걸 잘 알고 있는 조지훈 입장에서는 조설훈을 살해하는 것보다 그를 내버려 두었다가 빌미를 잡아 해임하는 것이 명분상으로나 안정상으로나 더 큰 이득으로 돌아오는 셈이었다.

'게다가 증거 인멸, 증인 협박, 납치 지시 등등 헤아리기도 힘든 형사법도 떠안은 채고.'

일부러 거기까지 말하는 우를 범하지는 않았지만, 내가 말한 것만으로도 '위화감을 느낄' 이유로는 충분했다.

"즉, 조지훈 씨 입장은 가만히 있어도 될 일에 굳이 리스크를 감수할 필요까지는 없다는 건가?"

"네. 어디까지나 경영자들 사이의 정치적 이권 이야기만 놓고 본 이야기이지만요."

"흠."

양상춘이 고개를 끄덕였다.

"잘 알겠네. 그러면, 반대의 경우는?"

"……반대의 경우라뇨?"

"조설훈 씨가 조지훈 씨를 살해하여 얻을 이득 말일세."

거, 아저씨. 여기 그 유족이자 따님이 계신데.

내가 당황한 얼굴로 조세화를 쳐다보니, 조세화는 씁쓸한 표정으로 고개를 끄덕여 괜찮다는 신호를 보냈다.

'당사자도 인지하고 있다면야.'

나는 조심스럽게 대답했다.

"굳이 말씀드리면…… 없지는 않다고 봐요."

양상춘이 턱을 긁적였다.

"이번에도 경영자들 사이의 정치적 관점인가?"

비꼬는 건지, 아닌지.

나는 미간을 찌푸렸다.

"굳이 말씀드리자면 이번엔 게임 이론 측면에서 접근했을 때 이야기가 되겠네요."

"게임 이론이라. 죄수의 딜레마 같은?"

이 시대에 죄수의 딜레마를 알고 있다니, 제법이다.

나는 미간의 주름을 펴며 또다시 조심스럽게 양상춘의 말을 받았다.

"네. 조설훈 아저씨 입장에…… 회장님의 유산이, 음, 지금은 세화까지 포함해 삼등분인 게 밝혀졌지만, 당시만 하더라도 조설훈 아저씨랑 조지훈 아저씨가 회장님의 지분을 나눠 갖는 것이 중론이었죠. 이때 조지훈 아저씨가 조설훈 아저씨와 같은 편에 서 있다면 문제 될 것이 없어요. 두 분이 함께 사태를 헤쳐 나가면 되니까요. 하지만……."

내가 '차마 내 입으로 말하긴 뭣하다'는 뉘앙스를 담아 말끝을 흐리자, 양상춘이 내 말을 대신해서 받았다.

"조설훈 씨 입장에 조지훈 씨를 신용하지 못할 가능성도 염두에 두었단 건가?"

나는 조세화의 눈치를 살피며 고개를 끄덕였다.

"……어쩌면요."

내 말에 조세화는 퍽 괴로워하는 얼굴이 되었는데, 조설훈이 조지훈에 대한 신뢰를 잃어버리는 계기를 준 것이 다름 아닌 자신인 걸 자각하고 있기 때문일 것이다.

'결국 조세화에게 계속 상처를 주는 이야기가 되고 있지만.'

조세화는 그것도 감안해 이 모든 이야기를 받아들이고 있는 것이리라.

'그렇다면야 내가 신경 쓸 일은 아니지.'

양상춘이 고개를 끄덕였다.

"자네 생각은 잘 알겠네. 그러면 현장에 대해서는 어떻게 생각하지?"

현장이라.

양상춘은 앞서 내게 현장에서 있었던 일을 간략하지만 빠짐없이 묘사해 주었다.

'흠, 그러면 여기서 결정해야겠군.'

이대로 순진한 척 '모르겠어요' 하고 말할지, 아니면 양상춘의 사고를 그대로 인용해 그에게 놀람을 선사해 줄지.

'뭐, 굳이 양상춘의 생각을 인용하지 않더라도 현장의 모순은 뚜렷하니까.'

오히려 눈앞의 양상춘은 그걸 눈치채지 못하는 나를 수상하게 여길 인간으로 보이기도 하고.

일단, 나는 의아한 척 고개를 갸웃했다가 우물쭈물하며 대답했다.

"그건 왜…… 박사님께서는 혹시 이번에도 경영자적 입장이 궁금하신 건가요?"

"아니. 그냥 자네의 편견 없는 생각이 듣고 싶어서."

"설령 그렇다 하더라도 별 참고할 거리가 안 될 비전문가의 의견일 텐데요."

"자네라면 내가 놓치고 있던 부분을 알아낼 수 있지 않겠나? 부디 기탄없이 말해 주게."

양상춘은 태연히 내 말을 받았지만, 이 상황에 내게 '편견 없는 생각'을 바라는 것도 일종의 모순이 아닌가 싶다.

'그야, 이미 조세화가 본인 입으로 아버지를 살해한 범인 운운한 시점에 수사 내용이 진실과 다르단 걸 알고 있잖아.'

그렇게 한마디 쏘아 주고 싶었지만, 이 자리에서 굳이 양상춘과 기 싸움을 이어 가고 싶지도 않았다.

'어쨌거나 양상춘은 나를 범인으로 생각하는 인간이니, 무

슨 말 실수가 나오지 않을까 노리는 거겠지.'

솔직히 말하면 나는 조설훈의 죽음과 직접적인 관련이 없는 인간으로서 그 오해가 억울한 입장이긴 하지만.

다른 한편으로, 여기서 내가 '알고 있는 정보'만으로 '모순'을 짚어 내기는 어려운 편이다.

나는 현장에서 '순직'한 것으로 되어 있는 배성준 형사가 실은 조광의 끄나풀이었다는 것과 석동출이 의도적으로 위증을 하였단 걸 모른 채 현장을 재구성해야 하니까.

'게다가 의도한 건지 아닌지, 중요한 단서 한 가지를 누락하기도 했고…….'

그 생각을 떠올렸더니 인상을 찌푸릴 뻔했다.

'어쨌건, 알고 있는 결과에 상황을 좀 짜 맞춰야 하겠군.'

내 결백함을 위해서라도.

"아, 네. 정 제 생각이 궁금하신 거라면……."

나는 고개를 끄덕였다.

"박사님께서 제게 말씀해 주신 바를 정리하자면, 일단 말씀해 주신 경찰의 공식적인 수사 내용은 모두 현장에 출동했던 형사님의 증언에 바탕을 둔 거죠?"

"그래."

나는 잠시 생각하는 척을 하다가 고개를 들었다.

"현장만을 놓고 보자면 트렁크에서 발견된 이 모라는 시신을 포함해 사망자는 총 다섯 명. 그중 총상에 의한 사망자는 조지훈 아저씨와 조설훈 아저씨, 현장에 있던 선임 형사와 곽 모라는 인물이고요."

"음, 그리고 아까도 말했지만 트렁크 속 시체는 교살 당했다. 경찰은 조설훈 씨를 포박한 줄과 시체를 교살한 줄이 동일한 것으로 판단하고 있지."

그건 아마 수사 내용과 어긋남 없는 사실 그대로일 것이다.

"그럼, 각 시신의 총상은 각각 어떤 총에 의한 자상이었습니까? 제가 알기로 총에는 저마다 지문 같은 것이 있다고 어디서 들었는데요."

양상춘이 빙긋 웃었다.

"탄조흔을 알고 있나 보군."

"아, 네. 책에서 읽은 기억이 나서요."

전생의 마지막 순간, 권총을 손에 쥐어 보았다는 경험이 있었던 나는 만일의 사태를 대비해 이번 생에는 어느 정도 총기 관련 지식을 익혀 두고 있었다.

양상춘이 말했다.

"현장에서 발견된 권총은 신고를 한 형사의 것을 포함하여 도합 세 정. 두 정은 경찰에게 지급되는 제식화기이고, 다른 하나는 출처를 알 수 없는 토카레프 자동권총이었다네."

토카레프라, 소련이 망할 때 흘러 들어온 물건인 모양이군.

"두 총의 탄은 공유가 되나요?"

"아니. 두 탄은 서로 호환이 되지 않아."

그랬군.

나는 양상춘이 마치 걸어 다니는 위키백과 같다고 생각하며 고개를 끄덕였다.

잠자코 있던 조세화가 끼어들었다.

"그게 중요해?"

"응? 아, 그런 셈이지."

나는 고개를 끄덕였다.

"총이란 건 도구이고, 도구는 어느 특정 인물에게 귀속되지 않아. 하지만 총알의 경우는 그렇지 않거든. 구경에 따라 제한이 걸려. 그래서 각 국가와 진영 측은 제식화기에 통일성을 주는 거고, 그래야 보급이 원활해지니까."

"……네가 밀리터리에 관심이 많은 줄은 몰랐는데."

나는 어깨를 으쓱였다.

"남자란 원래 칼이나 총에 환장하는 법이잖아?"

"……."

양상춘이 끼어들었다.

"계속해도 되겠나?"

"아, 네."

"아무튼 이야기를 이어 가자면 조설훈 씨의 사망 원인은 토카레프 탄에 의한 후두부 관통, 조지훈 씨의 사망 원인은 리볼버 탄에 의한 흉부 및 심장에 자상, 선임 형사의 사인은 복부에 토카레프 탄, 곽 모 씨는 현장을 신고한 형사가 지급받은 제식 리볼버 탄에 의한 것이며 또한 그는 토카레프 탄에 의해 다리 쪽 총상을 입고 병원에 입원 중이다."

그는 마치 글을 읽어 내려가듯 사무적인 어조로 정보를 쏟아 냈는데, 그 사무적인 투에도 불구하고 조세화는 공연히 눈살을 찌푸렸다.

'밥 먹는 자리에서 시체 이야기를 하냐.'

나도 듣기로 의대 초년생들과 달리 의대 4학년생만 되어도 시체 해부 실습 직후 밥 먹으러 가잔 말을 태연히 한다고 하지만.

'어쨌거나 이 자리에는 유족도 있는데.'

나는 그가 일부러 신경을 긁는 건지, 아니면 생각이 없는 건지, 아직 음식이 도착하지 않아서 그러는 것인지, 아무튼 무슨 생각을 하는지 모를 인간이라 생각했다.

"화약 잔매는요?"

내 물음에 양상춘은 눈썹을 씰룩였는데, 내가 그런 제법 전문적인 것까지 알고 있다는 데 상당히 흥미가 동한 표정이었다.

'흠, 너무 아는 체했나.'

양상춘이 대답했다.

"비가 몹시 내리는 밤이었지. 수사대가 현장에 도착했을 땐 이미 씻겨 나가고 없었네."

"그랬군요. 그럼 누가 총을 쏘았는지는 불명이네요."

"음, 그 부분은 어쩔 수 없지."

나는 양상춘의 말에 고개를 끄덕였다.

"그러면 경찰의 판단은 '마지막 순간' 누구 손에 어느 총이 들려 있었느냐는 걸로 현장을 판단한 거로군요."

"……그런 셈일세."

나는 잠시 뜸을 들였다가 물었다.

"현장에 있던 차량은 어땠나요?"

"차?"

"네. 험한 날씨인 데다 외딴 곳이니 차량 이동은 필수였을 거 같아서요."

내 질문이 마음에 들었는지 양상춘이 입꼬리를 올렸다.

이런 상황에 웃을 수 있다는 건, 저 양상춘이란 인간도 어지간한 인간임을 보여 주는 방증이리라.

"현장에서 발견된 차량은 세 대였네. 조지훈 씨의 차량과 선임 형사의 차량, 그리고 현장을 신고한 형사의 것까지."

"음, 이건 제가 잘 몰라서 묻는 건데, 형사님들은 보통 따로 차를 운용하시나요? 영화 같은 데선 함께 타던걸요."

나도 그렇지 않다는 걸 알고 있지만, 일부러 그렇게 묻자 양상춘은 흔쾌히 대답했다.

"아니, 그럴듯한 지적이야. 보통은 버디로 불리는 사람들끼리 함께하지. 내가 아는 바로도 그러하고."

양상춘이 덧붙였다.

"다만 상황에 따라 다르다는 특수성 정도는 감안해야겠지만."

"알겠습니다. 그러면 조지훈 아저씨의 차, 그리고 선임 형사님의 차와 현장에서 신고를 한 형사님의 차, 도합 세 대군요."

양상춘이 나를 슬쩍 떠보듯 질문했다.

"그런데 그건 왜 물어보았나?"

"음……. 솔직히 말씀드리자면, 편견 때문이에요."

"편견?"

나는 고개를 끄덕이며 조세화를 힐끗 쳐다보았다.

"아까 세화는 제게 '아버지를 죽인 범인을 찾고 있다'고 했잖아요."

양상춘과 조세화가 고개를 끄덕였다.

"즉, 박사님과 세화는 경찰의 수사 결과와 달리, 경찰이나 범인이 놓친 현장의 모순을 발견한 거라고 생각했어요. 하지만 제 이해가 부족해서인지, 당장은 현장의 모순이 생각나질 않았거든요."

나는 의도적으로 내 빈틈을 고백했고, 양상춘은 무어라 말하려다가 입을 다물었다.

'그도 그럴 것이, 양상춘이 현장을 의심하게 된 계기는 조지훈이 조설훈을 살해할 까닭이 없단 의심에서 비롯한 거였

지. 게다가 그는 내게 발설하지 않은 여러 인물의 동기까지 꿰고 있어.'

개중엔 그가 내게 말하지 않은 배성준 형사의 부정도 있을 것이며, 이 사건에 위증을 한 석동출 형사란 인물에 대한 정보도 있을 것이다.

'그러고 보니까 오전에 장건후가 석동출 형사와 여진환 순경이 친한 듯하단 말을 했지.'

문득 떠오른 생각은 잠시 접어 두기로 하고.

'범인이 누군지 궁금하긴 나도 마찬가지야.'

사건 현장에 있었던 일의 모순은 연속성을 띤 다른 현장에 근거해야 이어진다.

'그리고 그거야말로 진범이 간과하고 만 부분일 터.'

내 생각에 진범은 현장의 일을 꿰고 현장을 조작할 만큼 철두철미했지만, '다른 공간'에서의 일은 제대로 파악하지 못했을 공산이 있었다.

"하지만 만일 맹점이 있다면, 범인이 현장에서 놓친 장소에 있을 것이라 보았고 그건 다시 말해 현장 이전의 장소라고 생각했습니다. 그래서 이번 사건은 총격 사건이 벌어진 현장뿐만 아니라, 그 외적인 부분도 살펴봐야 하지 않을까 생각했을 뿐이에요."

양상춘이 자못 흥미로워하는 얼굴로 나를 보았다.

"인정할 건 해야겠군. 확실히 자네도 편견에서 자유롭지는 않았어.”

“…….”

“하지만 한편으론 그 정도 연역을 해 내는 걸 보니, 자네가 또래 코흘리개들이랑은 수준이 다르단 것도 알겠네.”

칭찬인지, 욕인지.

양상춘이 말을 이었다.

“게다가 범인이 ‘다른 현장까지는 조작할 수 없었다’는 것도 흥미로운 접근이야.”

“…….”

양상춘이 빙긋 웃었다.

“칭찬일세.”

칭찬이었군. 고맙기도 해라.

“하면, 자네가 생각한 현장과 다른 장소란?”

나는 차분히 대답했다.

“트렁크에서 발견된 이 모 씨가 살해된 장소입니다.”

내 말에 양상춘이 눈썹을 씰룩였다.

“흐음?”

“…….”

“아니, 계속해 보게.”

이 작자가 이제는 나를 가지고 놀 생각인가?

양상춘이 내게 일부러 말하지 않은 정보는 사전에 조설훈과 조지훈이 만났던, 현장에서 시체로 발견된 곽남훈라는 인

물이 운영하던 술집의 존재였다.

'생각해 보니 열 받네. 뭐, 그로선 그걸로 내가 덥석 미끼를 물기 기다린 거겠지만.'

이해는 하지만, 그렇다고 눈앞의 양상춘이 아니꼽지 않다는 건 아니다.

나는 그에게 적개심을 표하지 않으려 애쓰며 대답했다.

"아까 박사님께서는 조설훈 아저씨를 포박한 줄과 교살에 쓰인 도구가 동일한 물건이란 말씀을 하셨죠?"

"그랬지."

"그래서예요. 상식적으로 생각해서, 이 모 씨는 다른 장소에서 살해되어 트렁크에 담겼고, 조설훈 아저씨는 그 뒤 교살에 쓰인 살해 도구로 포박되었을 테니까요. 시간 순서가 그런 걸요. 어쩌면 조지훈 아저씨의 차 트렁크에서 발견된 이 모 씨란 사람은 그 일과 전혀 무관하게 사망한 걸지도 모르지만…… 오히려 그런 생각이야말로 극단적인 거 같아서요."

"……."

양상춘은 나를 물끄러미 쳐다보더니 머리를 긁적였다.

"아 참, 자네에게 이걸 말하지 않았단 걸 깜빡했군."

"네? 뭘요?"

"현장에서 발견된 곽 모라는 인물은 술집을 경영하고 있었다네."

뻔뻔한 자식.

'아니면, 이제라도 말해 준 걸 고맙게 생각해야 하나?'

그럴 리가 있나.

나는 부글부글 끓는 속을 꾹 눌러 참으며 눈을 동그랗게 떴다.

"술집요?"

"음, Paradise Lost 라는 곳이지."

실낙원?

꽤 감상적이군.

"게다가 시체의 사망 추정 시간은 그 술집에서 현장까지 이르는 정도의 시간이 걸린 것 같았으니, 이 모 씨는 거기서 살해되었을 것이라 보았네."

"……그러면 경찰은 혹시 그 곽 모 씨의 술집도 수색했나요?"

"그래."

대답 하나는 시원시원하군.

"뭘 찾았죠?"

"경찰은 그 술집에서 마취제 성분이 녹아 있는 술을 발견했지."

"마취약……."

나는 보란 듯 미간을 찌푸렸다.

"수상하군요. 그러면 혹시 현장에서 발견된 시체 중 마취제를 복용한 인물도 있었나요?"

알고 있었지만, 일부러 물었더니.

양상춘이 쓴웃음을 지으며 고개를 저었다.

"모르네."

"예? 사체를 부검하지 않았습니까?"

양상춘은 조세화를 의식하듯 그녀를 힐끗 살폈다가 대답했다.

"……그렇게 된 경위를 변명하자면 유족 측이 부검을 원치 않았던 데다가 상부에서는 이 일을 얼른 덮고 싶어 했거든."

"……."

경찰의 대응이 이 일을 무마하고자 하는 방향으로 기운 건, 배성준 형사가 조광과 내통하며 내부 정보를 빼돌리는 부패 형사였단 것과 무관하지 않을 것이다.

'……그게 아니면, 조설훈의 죽음이 나도 모르는 어느 윗선과 관계가 있거나.'

그것도, 경찰에게 압력을 행사할 정도의 높으신 분이.

4장

나는 일단 시치미를 떼고 물었다.

"경찰 측에서요? 하지만 이번 사건은 무려 형사 한 분이 순직하신 데다가 다른 형사도 다리에 총상을 입을 만큼 중대 사건이었잖아요."

나는 재차 말을 이었다.

"오히려 그런 일이라면 경찰에서도 더더욱 이 사건의 진상을 파헤치고 범인을 잡는 데 공을 들여야 하지 않나요?"

내 말에 양상춘이 쓴웃음을 지었다.

"맞아. 자네의 그 말이 옳지. 하지만 말일세, 이번 결과는 경찰 입장에서도 나쁘지 않은 결말이어서 그런 것일 수 있네."

"경찰 입장에서요?"

"음."

양상춘이 고개를 끄덕였다.

"애당초 경찰 측은 현장에 있던 형사의 증언을 토대로 초동 수사를 마무리 지었다. 얼핏 보기에는 그 형사의 말도 틀리지 않았을 뿐더러 순직한 형사는 사실…… 조광과 내통 중이었네."

양상춘의 말에 나는 눈을 동그랗게 떴다.

"예? 그러면 박사님께선 이 일에 현장에 있던 형사의 위증이 이루어졌다고 보시는 겁니까?"

"그렇게 보네."

양상춘이 말을 이었다.

"이번에 순직한 인물이기도 한 선임 형사…… A는 조광과 내통 중이라는 혐의로 내사 중이던 인물일세."

그는 내 앞에서 배성준을 A라 지칭하였다.

나는 양상춘의 말에 보란 듯 눈을 깜빡였다.

"예? 그게 무슨 말씀이세요?"

"애석한 이야기지만 정황과 증거는 차고 넘쳤지. A는 한때 아내의 병원비를 조광에 지원받았을 뿐만 아니라, 경찰 입장에서 조광을, 정확히는 조설훈 씨를 도와 경쟁자를 제거하는 일에도 손을 보탰지. 이를 알게 된 김보성 검사는 A와 그와 같은 소속이던 후임 형사 B를 사건에서 배제하였어."

"……."

나는 무슨 말을 해야 할지 모르겠단 얼굴을 했다가 조심스레 물었다.

"그러면 박사님께서 이번 사건에 위증을 했다고 말씀하신…… 후임 형사 B는 A의 부정을 알고 그에 동조해 온 건가요?"

"그렇지는 않아 보였네. B도 A가 무슨 일을 해 왔는지는 몰랐을 거야."

뭐, 전예은에게 들은 바 지금 이 자리에서 B라고 지칭 중인 석동출의 경우 김보성을 찾아가 난동까지 부린 모양이니까.

"그랬군요."

나는 진지한 얼굴로 고개를 끄덕였다.

"그렇다면 B는 어째서 이번 사건에 위증을 한 걸까요?"

양상춘은 무어라 입을 벙긋하려다가 고개를 가로젓곤 다시 입을 열었다.

"이번 사건으로 A는 '순직'하였기 때문일세."

그 말에 나는 그가 방금 전 내게 '어디 한번 맞춰 보게' 하고 말하려다 만 것임을 눈치챘다.

하긴, 암만 그라도 이 상황에서까지 나를 가지고 놀아선 안 된다는 '상식'적인 판단을 한 것이리라.

'이제 와서 새삼.'

나는 이번에도 모르는 척 고개를 갸웃했다가 고개를 끄덕였다.

"순직……. 아, 보상금."

"음. A에게는 책임져야 할 아들이 둘이나 되었고, B의 위증이 이루어지지 않는다면 남겨진 A의 가족은 보상은커녕 멍에를 뒤집어쓴 채 살아가게 되었을 거야. 아마도 B는 A의 죽음이 명예로운 퇴장이었으면 했겠지."

주지하던 대로 B(석동출)는 사건의 진실보다도 A와의 우정과 의리를 택했다.

그렇다고 해서 석동출의 행동을 비난할 생각 따윈 없다.

'석동출 입장에서야 존경하는 버디를 살해한 범인에게 응보도 내렸고, 새삼 진실을 파헤쳐 봐야 배성준의 명예는 사라질 것이 분명하니. 그는 차라리 배성준의 남겨진 가족에게 갈 배상금과 자식들이 생각할 아버지의 명예를 생각해 준 걸 거야.'

그 상황에서는 아마, 아니 분명 나라도 석동출처럼 했을 것이다.

'게다가 진범의 정체에 따라선 자신이 진실을 밝혀 봐야 개죽음에 이르는 것 외에 다른 수가 없었을지도 모르고.'

아무렇지 않게 현장을 조작하고 조설훈의 뒤통수에 방아쇠를 당긴 인간이다.

그 총구가 석동출을 향하더라도, 범인은 그래야 한다면 아무렇지 않게 방아쇠를 당길 수 있을 것이다.

'즉, 석동출 입장에선 보신과 의리 두 마리 토끼를 잡은 셈이군.'

나는 생각을 내색하지 않으며 조심스레 입을 열었다.

"그렇다면 A와 B, 두 분은 내사 사실을 알고 계셨나요?"

"그런 모양이다. 아까 말했듯 김보성 검사는 해당 혐의를 알자마자 A와 B 두 사람을 수사에서 배제하였으니까."

"……."

"여담이지만, 당시만 하더라도 A의 부정을 몰랐던 B는 김보성 검사의 조치에 대해 강한 불만을 표출했다고 하니, B가 조광과 관여하지 않았단 것은 분명해 보이네. 실제로 B는 조광에게 뒷돈을 받았거나 혜택을 입은 일이 전혀 없는 것으로 판명 났으니까."

"내사는 어떻게 되었나요?"

"A가 순직하면서 흐지부지되었네. 뭐, 경찰 입장에서도 죽은 A를 부관참시 해 가며 그를 어떻게 해 보려는 생각은 하고 싶지 않았던 모양이지. 그랬다간 꿈자리도 뒤숭숭할 테고……."

그들의 생각도 얼추 이해는 갔다.

더욱이 광수대는 내가 기억하는 전생의 역사보다 일찍 출범하였고, 경찰 입장에선 광수대란 조직으로 자신들이 가진 바 능력을 발휘할 수 있단 증명을 해 볼 필요가 있었으리라.

'그런 상황에 조광과 내통하던 배성준을 포함했다는 인사

참패를 인정하느니, 배성준을 영웅으로 만들어 사건을 끝내는 편이 좋을 테니까.'

그나저나.

'단서가 여기까지 나왔으면, 슬슬 양상춘이 기대하는 정답을 내놔 볼까.'

그가 나를 여기 부른 저의—아마도 그건 나에 대한 혐의의 증명뿐만 아니라, 내 도움이 필요한 일까지—를 알아낼 때라고 생각했다.

'어디보자, 그러면 또 연기를 해야겠군.'

나는 가만히 생각에 잠긴 척을 하고 있다가 '아!' 하고 소리를 지른 뒤 얼른 입을 틀어막았다.

양상춘은 그런 나를 보며 물었다.

"왜 그러나?"

"저, 그게……."

나는 의식적으로 조세화의 눈치를 힐끔 살폈고, 접시에 손도 대지 않고 있던 조세화는 아랫입술을 꾹 깨물었다.

양상춘이 넌지시 물었다.

"왜, 뭔가 생각난 바가 있나?"

그 눈동자에는 나를 향해 집요한 호기심과 흥미가 동해 있었다.

"……대답할 수 없어요."

나는 일부러 딱딱한 말씨로 대답한 뒤 입을 다물었고, 양

상춘은 턱을 긁적이더니 조세화를 보았다.

"그렇다고 하는군. 아무래도 세화의 친구는 떠올리면 안 될 일을 한 가지 떠올린 모양인데…… 아무래도 자네를 배려해 생각한 바를 말하지 않는 것 같군. 도와주지 않겠나?"

조세화가 힘겹게 입을 뗐다.

"저, 잠시 화장실 좀 다녀올게요."

조세화는 이 자리를 잠시 피하는 길을 택했다.

그 뒤, 조세화가 떠난 VIP실에는 나와 양상춘 단둘만 남게 되었다.

"그래. 그러면 자네가 여기서 무슨 생각을 떠올렸는지, 부디 들려주었으면 싶군."

양상춘은 조바심이 이는 것처럼 조세화가 떠나자마자 나를 재촉했고, 나는 그런 양상춘을 물끄러미 노려보다가 천천히 입을 뗐다.

"……혹시 조설훈 아저씨는 조지훈 아저씨를 살해하려고 했던 게 아닌가요?"

양상춘은 내 단도직입적인 결론에 의뭉스런 웃음을 지으며 나를 보았다.

"조설훈 씨가 조지훈 씨를?"

모르는 척하긴.

나는 양상춘이 가증스럽다고 생각하며 대답했다.

"제가 생각하기에도 극단적인 가설이지만요."

"어떻게 그런 일이 가능했다고 보는가?"

양상춘의 말은 윤리적인 문제를 차치한, 조설훈이 조지훈을 살해하고자 세운 계획에 대해 묻는 뉘앙스였다.

나도 괜스레 더 시간을 끌고 싶지는 않았기에 그 떠보는 말에 순순히 대답했다.

"우선……."

나는 마취제가 준비된 술집과 '합법적으로' 조지훈을 살해할 수 있는 A(배성준)의 존재에 대해 말했다.

"……그 뒤 조설훈 아저씨는 A와 함께 약에 취한 조지훈 아저씨를 조지훈 아저씨의 차에 옮겼고, 그 과정에 조지훈 아저씨의 운전기사인 이 모 씨를 살해해 트렁크로 넣은 뒤 현장으로 향했습니다. 아마 이때 조설훈 아저씨는 자신의 차를 이용해 차를 따라 갔겠죠."

"그런 거라면 계획의 입안자인 조설훈이 거기 동행할 까닭이 있나?"

"두 가지 이유입니다. 한 가지는 조설훈 아저씨도 A를 온전히 믿지 않았다는 것, 다른 하나는 조지훈 아저씨의 차 트렁크에 넣어 둔 이 모 씨의 존재죠. 조설훈 아저씨는 이 일이 끝난 뒤 트렁크 속의 시체를 처리하려 하였을 것이고, 그러려면 현장에 차는 세 대가 필요합니다."

내 말에 양상춘은 알면서도 물었다.

"하지만 현장에 조설훈 씨의 차는 없었네."

"……그건……."

내가 진범의 짓이라고 말하기 전, 양상춘이 끼어들었다.

"그건 나중에 듣지. 아무튼 계속해 보게."

"뭘요?"

"흠, 일단 조설훈이 조지훈을 살해하려고 했다면, 어째서 A를 끌어들였는가? 자신의 손을 더럽히고 싶지 않아서? 아니면, 충성심을 확인해 보려고?"

이 인간이 알면서.

"……조설훈 아저씨의 온전한 유산 상속을 위해선 조지훈 아저씨의 죽음에는 한 점 의혹도 없어야 하며, '합법적'이어야 하기 때문입니다."

"호오."

양상춘이 고개를 끄덕였다.

"그 과정에 경찰의 도움이 필요했다?"

"예. 제가 생각한 조설훈 아저씨의 당초 계획은 이렇습니다."

A(배성준)가 조광과 내통하고 있다는 사실이 백일하에 드러나기 직전인 상황에, 그는 A와 내통하던 것이 조지훈이었다는 것.

그 계획 속에서 조지훈과 A는 이 일을 두고 다투다가 서로 총을 겨눴고, A는 '정당방위를 행사'하는 과정에서 조지훈을 살해하고 말았다는 식으로 흘러가게 될 거라는 내용까지.

"……그렇기에 조지훈 아저씨는 '경찰의 총'에 살해될 필요가 있었던 겁니다. A는 그러한 조설훈 아저씨의 계획에 동의한 거고요."

"그럴듯하군."

양상춘은 여전히 의뭉을 떨어 댔다.

"그런데 자네도 알다시피 일은 크게 틀어지고 말았네. 왜 일까?"

"그건…… A가 최후의 일선을 넘지 않기로 하였기 때문이라고밖엔."

"최후의 일선?"

나는 고개를 끄덕였다.

"예. 제 생각이지만 A가 약속한 장소로 갔을 때, A는 이미 조설훈 아저씨의 제안에 응하지 않으려 생각했을 겁니다. 조설훈 아저씨의 제안이 얼마나 달콤했건 간에 살인은 별개의 이야기니까요. 그렇기에…… A는 이번 일을 끝으로 모든 것을 바로잡아야겠단 생각도 했을지 모릅니다."

그보다 솔직한 심경으로는 배성준이 언제 자신의 입막음을 할지 모를 조설훈을 믿지 못해 선제공격을 가해 버린 거라 말하고 싶었지만, '아직 어린아이인' 나는 표면상으론 순진한(?) 사고를 하고 있단 걸 그에게 보여 줄 필요가 있었다.

나는 재차 말을 이어 갔다.

"그래서 A의 순직에 동의한 B 역시 그런 A의 뜻에 소극적

이나마 동조해 그분에게 총을 빌려주었겠죠. A는 B에게 빌린 경찰 권총을 숨기고 약속한 장소로 갔을 겁니다."

나는 머릿속으로 당시 상황을 그리며 말을 이어 갔다.

"어쩌면 현장에서 조설훈 아저씨에게 A는 자신의 권총을 빼앗겼겠죠. 조설훈 아저씨는 신중한 분이고, A를 온전히 믿지 않고 있었을 테니까요. 그리고 조설훈 아저씨는 A에게서 뺏은 총에 공포탄을 넣어 두었을 거라고 봅니다."

"공포탄?"

"예. 그리고……."

"아니, 아무튼 알았네. 그러면 A는 그 상태로, 그러니까 B에게 빌린 총을 숨긴 채 자신의 차를 몰고 현장으로 향했단 건가?"

"그랬을 거라고 봅니다. 그리고 현장에 도착한 A는 총을 돌려받고 '경찰 권총으로 조지훈 아저씨를 살해해야 하는 상황'에 이르러 숨겨 둔 B의 권총까지 꺼내 차를 운전한 곽 모씨와 조설훈 아저씨 두 사람을 겨눴겠죠."

나는 양손에 각각, 서부영화에나 나올 법한 쌍총을 쥐는 모습을 취했다.

"그야 명중률은 떨어지겠지만…… 혼자서 두 사람을 위협하려면 그러는 수밖에 없기도 하고요. 게다가 서로 간에 거리가 가깝다면 명중률은 별로 고려할 필요도 없고요."

양상춘이 턱을 긁적였다.

"그렇게 해서 곽 모 씨는 B 명의의 권총에 의해 사망하였다……? 하지만 조설훈은 조설훈대로, 그 상황에 공포탄이 들어 있지 않은 빈총이 아닌 실탄이 든 B 명의의 권총이 자신을 향할 수도 있지 않았겠는가."

"그건 아닐 거예요."

"어째서지?"

"A는 숨겨 둔 총을 꺼내기 전, 건네받은 총으로 가까이 있는 사람, 그러니까 다시 말해 조설훈 아저씨를 겨눈 채 히든카드인 실탄이 든 총을 꺼냈을 테니까요. A 역시 조설훈 아저씨를 해하기 전 우선은 사법기관에 넘기려는 생각부터 했다면 말이지만요."

"상식적이군."

"예. 그리고……."

나는 일부러 뜸을 들였다가 말을 이었다.

"그 상황에서 조설훈 아저씨는 준비해 온 토카레프를 꺼냈을 겁니다."

조설훈은 배성준이 자신을 배신하리라는 걸 직감하자마자 토카레프의 방아쇠를 당겼을 것이다.

물론 배성준이라고 가만히 있지 않았다.

"A는 토카레프를 꺼내 든 조설훈 아저씨를 향해 곧장 총을 쏘았지만……."

곽남훈이란 인물에게 치명상을 입혀 그를 죽음에 이르게

했으니, 배성준의 대처도 늦지는 않았으나.

"A가 총구 바깥에서 본 약실이 차 있던 것과 달리, 그건 공포탄이었겠죠. 총알은 나가지 않았을 겁니다."

"그리고 조설훈의 총에서 나간 총알이 배성준에게 치명상을 입혔다?"

"예. 결국 당초 계획과는 틀어졌지만 이후 A에게서 총을 빼앗은 조설훈 아저씨는 이를 실탄으로 바꿔 끼우고 마취약에 취한 조지훈 아저씨를 쏘았을 겁니다."

나는 양상춘에게 '당초 계획과는 틀어졌다'고 했지만, 아마 조설훈에게는 예의 그 술집 주인이 자신을 지키다 죽는 것도 염두에 둔 일이었을 것이다.

양상춘은 얼굴에 피어오르려는 미소를 참으며 내 말을 받았다.

"자네 말대로라면 결과적으로 조설훈 입장에서는 어쨌건 양패 구상의 형태이긴 하나 그가 뜻하던 대로 이루어진 셈이군."

"……."

"조설훈은 이대로 타고 온 차를 몰아 '나는 그 자리에 없었다'고만 하면 완전범죄가 되었겠어."

하지만 그런 철두철미한 조설훈조차 제3자의 개입에는 대처하지 못했다.

양상춘이 말을 이었다.

"하면, B가 도착한 건 언제였나?"

"B는 현장에 다소 늦게 도착했을 겁니다. 조설훈 아저씨가 조지훈 아저씨의 시체에 토카레프를 쥐여 주는 등 상황 조작이 끝난 뒤겠죠."

양상춘이 고개를 까딱였다.

"하지만 자네의 말에 의하면 B는 자신의 총을 A에게 건넨 뒤이니 현재 빈손이지 않은가? 조설훈쯤 되는 인간이 그런 B에게 겁을 먹었을 것 같지는 않군. 그는 어쨌건 관리를 게을리하지 않았고, B가 도착하는 차 소리를 듣고 주변에 떨어진 총을 주워 들 시간은 충분하지 않았겠나."

"……."

양상춘이 말하는 바는 그가 나를 동등한 수준의 지성체로 보고, 그 스스로가 세운 가설을 나를 통해 교차 검증하려는 것으로 보였다.

'그래서 본인의 추리에 있을 수 있는 허점은 나를 통해 논리를 보강하려는 건가.'

나는 떨떠름한 속내를 감추며 대답했다.

"비가 많이 내리는 밤이었습니다. 빗소리는 B가 타고 온 차량 음을 숨겨 줄 수 있었겠죠. 박사님께선 '총격전의 흔적이 남을 만큼' 근거리에 정차해 있었다고 말씀하셨지만, 그 정도는 나중에 위치를 옮겨도 되었을 것이고, B 입장에선 그보다 빠르게 접근하여 협박하는 것이 능사였을 수도 있습니다. 조설훈 아저씨가 현장 조작을 마친 뒤, 차로 돌아가려던 때 B와 마주쳤다면 총을 가지러 갈 시간은 부족했겠죠."

양상춘이 턱을 긁적였다.

"자네 추론에 다소 억지는 있지만 현장은 거짓말을 하지 않지. 뭐, 어쨌거나 자네의 추론대로라면 조설훈은 그렇게 접근한 B에게 얌전히 몸을 맡겨 포박에 응한 것이 되네. 그도 그럴 것이 조설훈의 시체에는 일체의 타박상도 없었으니 몸싸움도 없었고……. 그럼에도 어째서 B는 수갑이 아닌 살해 도구로 쓰인 줄을 사용했는가 하는 의문은 있네만."

게다가 조설훈은 내가 기억하기로도 나이에 비해 몸이 단단해 보이는 사내였다.

B로 지칭되고 있는 석동출이 어떤 남자인지 만나 본 적은 없지만, 평생을 조폭과 부대끼며 살아온 조설훈이 B의 몸집이 크고 우람하다고 해서 일치감치 전의를 상실했으리란 생각은 들지 않는다.

'설령 그 자리에 진범이 있었다 하더라도 말이야.'

전예은은 내게 최선을 다해 양상춘이 추리한 사건의 정황을 들려주었지만, 그녀의 능력은 만능이 아니다.

그녀도 어쩌면 깜빡하고 읽어 내지 못한 양상춘의 추리가 있을 수도 있었고, 실제로 그녀는 머릿속에 직관한 바를 그녀의 지성을 통해 내게 풀이하는 모습을 종종 보이기도 했으므로.

'하긴, 그 조설훈이 순순히 지시에 따랐을 리 없지. 맹점이라면 그게 맹점이긴 하군. 음?'

나는 거기서 문득, 어째서인지 내 차 안으로 들어온 김철수가 내게 권총을 주고 간 사실을 떠올렸다.

"……그때 B 곁에는 총을 가진 한 사람이 더 있었다면요."

"한 사람 더?"

"예. 세화가 찾는 '아버지를 죽인 범인'이자 따로 총을 소지한 인물 말입니다."

그래, 현장에 B뿐만 아닌 다른 인물까지 있었다면.

나는 진지한 눈으로 말을 이었다.

"현장에 제3자가 있었다는 이야기는 괜히 나온 말이 아니겠죠? 그도 그럴 것이 B는 다리에 총상을 입은 채였고, 그분이 다리에 총을 맞은 채 현장을 돌아다니며 상황을 조작했다면 분명 루미놀 반응이 남아 있었을 테니까요."

그 전에 그런 고통을 이겨 낼 만한 초인적인 정신력을 갖춰야 하겠지만.

양상춘은 내 입에서 나온 말에 그윽한 눈빛으로 고개를 끄덕였다.

"그런 것이 있다면 말이지만."

이번에도 의뭉을 떨긴.

덧붙여 딱히 아무래도 상관없는 일이긴 하지만, 왠지 나에 대한 양상춘의 호감이 증가한 것 같단 생각이 들었다.

"그러면 현장에 제3자가 있었다는 것으로 하고…… 만일 그가 차에서 내려 총으로 조설훈을 협박했다면 어떨까요?"

"총이 한 자루 더 있었다? 흠, 총기를 소지하는 게 불법인 국가에서 지나치게 많은 총이 나오고 있군."

양상춘은 흥미가 없는 척하고 있었지만, 속마음을 미처 다 숨기지 못하고 나를 힐끗거리는 표정이 제법 볼만했다.

"어쩌면 모형 총일 수도 있겠죠."

내가 살았던 근미래에는 모형 총에 '누가 보아도 가짜'라는 것을 알 수 있도록 총구에 주황색 킵을 박아 넣는 식으로 표시를 해 두고 있지만, 이 시대에는 어린애들이 가지고 노는 플라스틱 BB탄 총에도 리얼함을 강조하곤 했다.

특히 그게 원본의 몸통이 플라스틱으로 되어 있는 글록 같은 거라면 더더욱.

그런 시대에 마침 어둔 밤에 비까지 억수같이 쏟아졌겠다, 비전문가인 조설훈이 그 총이 진짜인지 가짜인지 분간할 방도는 없다.

"그게 진짜였건 아니건, 해당 총기는 발사된 적이 없었을 테니 조설훈 아저씨도 당시로선 그 총이 진짜인지 가짜인지 판단할 방법은 없겠죠. 혹시나 경찰이 현장에서 놓친 다른 흔적이 있었다면 또 모르겠지만요."

"……그러면 총이 한 정 더 있었다, 그런 것으로 하지. 하지만 그런 것치곤 조설훈도 꽤 순순히 포박에 응했군그래.

결과적으로 그 죽음을 알고 있는 나로선, 그 상황에서 조설훈이 최후의 저항을 해 봄 직하지 않았을까 해서."

여전히 반박의 여지를 놓지 못하는 양상춘을 보며 나는 내가 생각한 바를 말했다.

"당시, 어쩌면 조설훈 아저씨에겐 B와 협상해 볼 여지도 남아 있었을 겁니다."

"협상의 여지라고?"

"예. 자신은 어디까지나 이 일이 벌어지는 걸 숨어서 보았을 뿐이고, A와 조지훈 아저씨가 총을 쏘아 서로를 죽이는 걸 관망할 수밖에 없었단 식으로 말입니다."

"……."

"저는 B가 어떤 분인지 잘 모르니 그분에 대해 속단하지는 않겠습니다만, 이 일에 위증을 하셨다면 그분은 경찰로서 신념보다 동료에 대한 의리를 더 우선순위에 두시는 것으로 보입니다. 그런가요?"

양상춘은 내 말에 대답 대신 의미 모를 미소만을 지었고, 나는 하는 수 없이 말을 이었다.

"그러면 제 가설을 이어 가죠. B 또한 조설훈 아저씨가 현장에서 지어 낸 궤변에 온전히 넘어가진 않았을 겁니다. 더욱이 그 자리에 B와 진범이 동행했다면, 이 범인의 존재는 B가 조설훈 아저씨를 향해 사적 복수를 행하는 일에 심리적 저항을 더했겠죠."

내 말을 잠자코 듣고 있던 양상춘도 심리 운운하는 추상적 부근에 이르러선 끼어들지 않고 배길 수 없었던 모양이었다.

"그런 이유로?"

"……어디까지나 결과에 끼워 맞춘 가설임을 감안해 주십시오."

애당초 진범이 무엇을 바라고 일을 저질렀는지, 나로서는 도통 감이 오질 않았다.

'정말로 저들이 유령이라 지칭한 그대로야.'

나로선 당최 그가 조설훈을 죽인 목적도, 동기도 알 수 없다.

나는 입안에 씁쓸한 기운이 감도는 걸 느끼며 말을 이었다.

"아무튼 이번에도 상황을 결말에 끼워 맞추는 격이 됩니다만, 여기서 한 차례, 세 사람의 협의가 이루어진 것으로 보입니다. B 입장에도 이미 사망한 A의 심증뿐인 복수를 이어 가기보단 A의 남겨진 가족이 받을 연금에 더 마음이 갔을 것이고, 조설훈 아저씨도 그 점을 '목격자로서' 진술하겠단 말을 했겠죠. 진범은 조설훈 아저씨의 급조한 말대로 현장을 조작하는 데 도움을 주기로 했습니다. 그러자면……."

나는 잠시 생각했다가 재차 말을 이었다.

"조지훈 아저씨가 조설훈 아저씨를 살해하기 전, A가 난입해 조지훈 아저씨와 총격전 끝에 순직하신 것으로 상황을 조작하는 게 더 말이 되겠죠. 게다가 상황을 그렇게 조작한다면 트렁크 속의 시체도 '조지훈이 내 운전기사를 살해하였다'는 식으로 말할 수 있고요."

"하긴, 그렇게 되겠군."

"그렇다면 조설훈 아저씨는 '포박되어 있어야 할' 필요가 생깁니다. 조설훈 아저씨가 '목격자'이자 '피해자'로서 자신을 구하다 순직한 영웅을 기리고자 한다면요. 덧붙여 조설훈 아저씨가 포박에 순순히 응한 것도 어쩌면, 경찰 지원 인력이 돌아왔을 때를 대비해 결박흔을 남겨 두기 위해서일 수도 있고요."

양상춘이 고개를 주억거렸다.

"그렇다면 조설훈이 아무런 저항 없이 포박에 응한 것도 말이 돼."

더군다나 조설훈이 자신의 최후를 직감하지 못한 것까지.

"……일단은요. 말씀드렸듯 저도 어디까지나 억지로 끼워 맞춘 거지만요."

"아닐세. 제법 그럴듯해. 그러면 말일세."

양상춘이 안경 너머로 눈을 반짝 빛냈다.

"그 '범인'이 마지막 순간 조설훈의 뒤통수에 방아쇠를 당긴 까닭은 뭐라고 생각하나?"

올 것이 왔군.

나는 솔직하게 고개를 저었다.

"왜 그렇게 했는지, 저는 전혀 모르겠습니다."

양상춘의 눈에 얼핏 실망한 기색이 스치고 지나갔지만, 나도 모르는 걸 어떡하나.

"……어째서인가?"

"저는 범인이 조설훈 아저씨께 사적인 원한이 있어서, 라고밖엔 떠올릴 수가 없거든요. 또, 그런 건 제가 판단할 수 있는 문제도 아니고요."

"사적 원한? 혹시 당시 조설훈의 죽음으로 인한 이득을 챙길 만한 사람은 없었을까?"

"누구요? 혹시 경쟁사요? 제가 알기로도 국내에 조설훈 아저씨를 살해하는 것으로 반사이익을 거둘 만한 경쟁사는 없는 것으로 아는데요."

조광은 이 시대만 하더라도 통합 물류 회사로 따라올 자가 없는 국내 1인자이며, 그 아성은 얼마 뒤 조광이 대대적인 구조조정(을 가장한 숙청)을 거둔 끝에야 빈틈이 생겨난다.

그리고 그런 것조차, 조설훈이 살아생전 회사를 장악하고 있을 때에나 발생하는 일이니 지금은 아무 의미 없는 가설이며, 조설훈의 사후 그로 인해 조광이 분열하리란 것도 백 퍼센트 확신할 일은 아니다.

'역설적이지만 오히려 각 파벌이 타협 및 협의를 거친 끝에 전문 고용인 체제로 거듭난 조광이 미래에도 1인자 자리를 유지할지도 모르지.'

뭐, 지금은 그렇게 되지 않게끔 내가 뒤에서 일을 조작하는 중이지만 그건 양상춘이 알 바도, 알아서도 안 될 일이다.

'미래는 이미 변하는 중이고, 그 변동성이 가져 올 결과는 이제 나로서도 짐작할 수 없게 되었어.'

내가 생각하는 사이, 양상춘이 눈을 가늘게 뜨며 나를 보았다.

"반사이익, 있지 않나?"

"예?"

"말하기 조금 조심스럽긴 하지만, 여기 있는 자네 말이네."

양상춘이 말을 이었다.

"그런 의미에선, 이익을 거둘 만한 인물이 전무하다고는 할 수 없지 않겠나?"

양상춘의 말에 나는 그래서는 안 된다는 걸 알면서도 나도 모르게 피식, 웃고 말았다.

웃고 나서야 아차 싶긴 했지만.

"아, 죄송해요."

나는 얼른 내 행동을 얼버무렸다.

"그저, 박사님처럼 똑똑하신 분도 전공이 아닌 분야에 대해서는 잘 모르시는구나, 하고 생각해서요."

일부러 조금 도발을 섞었지만, 양상춘은 '자신의 전공이 아닌 분야에 대한 무지'를 지적받은 정도로 화를 내거나 하지는 않았다.

“틀린 말은 아니지. 이 분야에 대해 나보단 자네가 더 전문가가 아닌가.”

양상춘이 덧붙였다.

“특히 그 일로 수익을 거둘 예정이라면 더더욱.”

“…….”

이것 봐라.

양상춘은 의외로 내 선입견과 달리 벽창호는커녕 제법 오픈 마인드인 인물로 보였다.

‘아직 속단은 이르지만, 그런 가능성만 있다면 혹시…….’

양상춘이 물었다.

“그럼, 묻겠네. 자네는 이 일로 자네가 얻게 된 이득을 부정하는 건가?”

“…….”

“세화에게 들었네만, 자네와 세화는 조만간 조광의 지분을 통한 합자회사를 차릴 예정이라고 하더군.”

조세화가 거기까지 말한 건가.

“……그렇습니다.”

나는 차분히 인정했다.

거래 정보 유출이긴 하지만, 사람이 죽은 마당에 그게 중요한 일은 아니지 않은가.

특히 그걸로 내가 범인일지 모른단 오해를 하는 중이라면 더더욱.

'오히려 나로선 양상춘이 그걸 알고 있다는 게 이야기하긴 더 편해지지.'

나는 한 차례 뜸을 들였다가 말을 이었다.

"조만간 세화와 저는 조광과 SJ컴퍼니의 합자회사를 발표할 예정입니다."

"음."

하지만 그건 '조설훈이 죽었기 때문에' 내게 온 기회라고 볼 수 없는 일이기도 했다.

"저에게 협조적인 인물이 조광의 자본 일부를 투자해 합자회사를 차리고자 했다는 건, 분명 저에게도 좋은 사업 기회임은 틀림없죠. 하지만…… 결과적으로 그 일은 조설훈 아저씨의 죽음이 없었어도 성사되었을 일이었습니다."

내 말에 양상춘이 의아해했다.

"그게 무슨 소린가?"

"세화가 유산을 상속받은 건 그 누구도 예상치 못한 변수였거든요."

물론 나는 알고 있었지만.

양상춘은 내 말에 흥미가 동한 듯 몸을 앞으로 기울였다.

"지금 자네 말을 정리하자면, 자네는 조설훈이 죽지 않았어도 조세화와 사업을 진행했을 것이며, 또한 이 일이 조세화가 상속받은 조성광의 유산과 관계가 있단 말인가?"

"예. 만약…… 조설훈 아저씨가 죽지 않고 살아남았다고

해 보죠."

"조지훈은?"

"사망한 채로요. 그러니까, 이번 사건의 진범이 조설훈 아저씨를 살해하지 않았고, 조지훈 아저씨와 A가 공멸했을 경우의 이야기입니다."

다소 속물적인 부분이지만, 나는 내가 생각한 바를 정리해 양상춘에게 들려주었다.

(범인이, 나아가 내가 조설훈의 죽음으로 인한 반사이익을 얻었으리란 가정에서 출발한 이야기이니)만일 조지훈이 죽고 조설훈의 계획이 성공해 그가 살아남았다면 사태는 어떻게 흘러갔을까.

이때, 조지훈은 유산 상속자인 친형을 살해하려다 경찰에 의해 사망했기 때문에, 이 시점에서 이미 조지훈은 상속 자격이 박탈된다.

그리고 그곳을 무사히 빠져나온 조설훈은 조세화와 함께 유산을 반으로 나눠 갖게 된다.

이때 조세화는—전생의 일처럼—그녀의 성향상 자신의 유산을 부친에게 양도하겠지만, 그렇다고 자신의 몫을 넙죽 조설훈에게 가져다바치면 세금 문제며 조지훈 파벌의 불만이 커진다.

뭐, 조지훈의 죽음이 의심쩍다는 것은 둘째 치더라도, 조설훈이 위기에 봉착해 있는 것 자체는 당시에도 기정사실이었다.

(이때 나는 일부러 말을 아껴 조세광이 사람을 죽인 사건만을 암시했지만, 당시엔 그가 사람을 시켜 증인의 가족을 납치하려 했던 것도 조사 중이었다.)

조설훈 역시도 조세화가 받은 상속분을 고스란히 집어삼키려 하지 않을 것이며, 그래선 세무조사며 더 나아가 조지훈의 수상쩍은 죽음에 대해서 조사가 불가피해질 수도 있다.

그렇다고 조설훈이 조세화가 상속 받은 유산을 손가락만 빨며 지켜볼 리는 만무하다.

그러면 조설훈이 조세화가 받은 유산을 추가 징세 없이 자신의 것으로 만들기 위해서는 무엇이 필요한가?

조세화 명의로 된 자회사 설립이다.

마침 조세화에겐 조설훈과 조지훈, 어느 쪽도 아닌 파벌이 모여들기 시작한 상황이었다.

게다가 조세화가 가진 자본으로 자회사 하나만 설립하면 자칫 배보다 배꼽이 커질 우려가 생기므로, 조세화가 대표로 선 자회사는 여러 개가 세워질 것이다.

상장 직후의 돈 잔치를 기대하는 주주들에게 이보다 군침 도는 기회는 좀처럼 없는 법이니, 그런 상황에 조세화 명의로 자회사를 설립하고 거기에 힘을 보태는 일에 대놓고 반대할 주주나 임원은 없다.

그리고 그중 하나에 내가 관여하는 일은 오히려 지금 상황의 일보다 손쉽다.

"즉, 자네 말은."

양상춘이 입을 뗐다.

"범인의 행동은 자네나 세화에게 직접적인 수혜로 돌아가지 않았다는 건가?"

"그러기는커녕, 저나 세화는 오히려 발이 묶이고 말았죠."

나는 어깨를 으쓱였다.

"차라리 조설훈 아저씨가 교통정리를 해 주었다면 저에겐 더 손쉬운 일을, 지금은 오히려 조금 멀리 돌아가게 생겼고…… 또, 결과론이지만 세화가 회장님의 유산을 상속받게 된 건 당시 회장님과 회장님 직속 변호사를 제외하면 아무도 몰랐던 일이잖아요?"

"……그런 모양이더군."

"예. 게다가 조성광 회장님이 그날 작고하신 것 역시 그 누구도 예상하지 못한 일이었어요. 지금이야 상황이 맞물려서 이렇게 흘러간 거지, 조지훈 아저씨가 죽고 조설훈 아저씨가 살아남은 상황에서는 또 어떤 식으로 사태가 흘러가고 말았을지…… 변수투성이죠."

이번에는 말을 아꼈지만 조성광 회장이 그날 죽지 않고 목숨을 부지하고 있었다면, 조설훈은 조설훈대로 조지훈 파벌을 집어삼키기 위한 수를 썼을 것이며, 이 또한 나는 바라지 않는 일이다.

'어차피 조성광은 그때도 오늘내일하던 목숨이고. 남아 있던 조지훈 파벌도 발등에 불이 떨어졌으니 서로가 앞다퉈 가

며 조설훈에게 달라붙었겠지.'

문득, 생각했다.

'한편, 범인이 조설훈을 죽임으로서 생긴 상황 변화라면 조성광의 유산이 조세화에게 오롯이 상속되었단 점인데, 설령 그렇다 한들 조세화에게 유산을 몰아 줘서 뭘 어쩌겠다는 건지…….'

그런 의미에서 보자면 양상춘이 나를 범인으로 의심한 것도 이해는 갔다.

'하지만 그것도 어디까지나 조성광의 유언장 내용을 알고 있었다는 전제하의 이야기야, 유언장의 내용을 모른다면 자연스레 그 며느리며 가족들에게 유산이 분배되리라는 건 상속법의 상식이지. 아니면 조세화는 무관하고 단순히 조광을 망하게 하려는 경쟁사의 술수인 건가?'

양상춘도 그러한 상속법을 알고 있는 건지, 아닌지, 관련해선 내게 따져 묻지 않았다.

"즉, 자네에겐 조설훈이 살아 있는 편이 더 좋았던 거로군."

"……여러 의미로요."

"방금은 내가 말이 과했다. 사과하지."

뭐, 양상춘에겐 그렇게 말했지만 솔직히 당장 이번 사업 관련한 부분만 제외하면 조설훈의 죽음은 내게 호재였다.

'그 인간이 미래에 어떤 식으로 내 앞길에 훼방을 놓을지

장담할 수 없는 마당이니, 잘된 일이야.'

그걸 남 앞에서 기뻐하면 인성을 의심받기 십상이니 아무런 내색도 하지 않고 있지만.

나는 말이 나온 김에 그에게 슬쩍 확인차 물었다.

"저, 그러면 혹시 세화는 조설훈 아저씨가 한 일을……."

양상춘은 에둘러 말하는 일 없이 시원시원하게 인정했다.

"알고 있네."

"……."

"그 아이도 자신의 부친이 조지훈을 살해했으리란 생각을 하고 있지. 그럼에도 조세화는 조설훈을 살해한 '범인'을 찾으려 하고 있다."

줄곧 생각하던 거지만, 이걸 뻔뻔하다고 해야 할지, 아니면 마음이 강철 같다고 해야 할지 모르겠다.

"……그랬군요. 그러면 오늘 저를 여기 부른 건……."

그때 방문이 열리는 소리가 들려, 나는 입을 다물었고 한참 만에 돌아온 조세화가 어색하게 웃으며 들어왔다.

"미안, 화장실 줄이 길었지 뭐야."

일부러 긴 시간 자리를 비운 조세화를 생각해 나는 가만히 고개만 끄덕였다.

그사이 조세화도 마음을 다시 다잡은 모양인지, 그녀는 태연한 얼굴로 자리에 앉았다.

"이야기는 다 나눴나요?"

양상춘이 대답했다.

"음, 덕분에 그간 내가 틀렸음을 완전히 인정하게 되었지."

거기서는 끼어들지 않을 수가 없었다.

"틀렸다니요?"

양상춘은 나를 보며 싱긋 웃었다.

"나는 그간 자네가 조설훈 씨를 살해한 범인이거나 그 사주를 한 줄 알았다네."

"……."

나도 이미 그랬단 정도는 알고 있었지만, 이렇게 뻔뻔하게 나오니 잠시 할 말을 잊었다.

'게다가 그거, 웃으면서 할 말인가.'

그것도 너무 터무니없어서 다른 사람이 그랬다면 질 나쁜 농담으로 치부했을 거다.

애당초 인성을 의심받을 만한 농담이고.

조세화가 다급히 끼어들었다.

"그러면 이야기를 계속 진행해도 되겠네."

나는 떨떠름한 기색을 감추지 않으며 조세화의 말을 받았다.

"맞아."

직후, 나는 어조를 바꿔 말을 이었다.

"아저씨를 살해한 범인을 찾는 일 말하는 거지?"

"……응."

나는 잠시 생각하다가 입을 뗐다.

"박사님과 이야기를 나누면서 생각한 거지만, 나는 전혀 짐작 가는 인물이 없어. 특히 범인이 이번 일로 무슨 이득을 얻을지에 관해선 더더욱."

조세화는 내 말에 줄곧 생각하던 바가 있었는지, 지체 없이 물었다.

"혹시 경쟁사 인물이라거나."

"마침 그 이야기도 했는데…… 그런 것 같지는 않더라."

"……."

양상춘이 끼어들었다.

"이성진의 말에 의하면 그렇더군. 국내 물류 유통 분야에서 조광은 2위와 큰 격차를 벌인 1위 기업이고, 오너가 갑작스럽게 사라진 상황에선 나름대로 수를 쓸 거라고."

양상춘이 말을 이었다.

"생각난 김에 묻는 거네만, 조광에는 조성광 회장이며 조설훈 씨 등이 부재 시 유력한 차기 CEO 후보가 있었나?"

"아뇨, 그렇지 않아요."

조세화가 반박하며 힐끗 나를 살폈다.

"저희도 처음엔 성진이 할아버님께 CEO 자리를 부탁드리려 했을 정도거든요."

조세화의 말에 양상춘이 놀란 듯 눈을 동그랗게 떴다.

"이성진의 조부님이라면……. 삼광의 이휘철 선대 회장 말인가?"

"네. 결국 제의를 거절하셨지만요."

"흠……. 아, 저번에 어느 나라 공주님처럼 입고 온 게 그 일 때문이었나 보군."

조세화는 그 말에 인상을 살짝 찡그렸다.

"네, 맞아요. 박사님을 처음 뵌 날이었죠."

"그랬군. 아무튼 조광이 어떤 상황에 처해 있는지는 얼추 알겠네."

양상춘이 나를 보았다.

"혹시 관련해서 조부님께서는 따로 말씀이 없으셨나?"

하기는 잔뜩 했지.

'나더러 조광을 꿀꺽해 보라고 권할 정도로.'

하지만 그런 내용을 입에 담을 리 없는 나는 고개를 저었다.

"아뇨."

"그런가? 어디선가 그분이 불과 얼마 전 자네 회사를 방문하였단 소식을 들은 것 같았는데. 그저 뜬소문이었나?"

이거, 이휘철의 의도대로 그 왕래가 알 만한 사람에겐 다 퍼진 모양이군.

나는 양상춘의 예리한 지적에 쓴웃음을 지었다.

"할아버지는 제 회사 경영고문이기도 하셔서요. 이상한 일은 아니죠."

"……흠."

거기서 조세화가 끼어들었다.

"괜찮아. 박사님은 우리가 무슨 일을 할지 다 아시거든."

"……그건 나도 들었어. 박사님께 우리가 합자회사 차리는 거, 이미 말씀드렸다면서?"

내 말에 조세화는 어깨를 움츠렸다.

"미안. 그 정보가 필요한 상황이어서."

힐난하려는 건 아니었지만, 조세화는 그렇게 받아들이고 만 모양이었다.

'뭐, 그것도 나를 변호하려다가 나온 이야기겠지.'

그래도 조세화가 내게 아무래도 상관없는 일에서 심적인 빚을 지는 것 자체는 나쁘지 않은 일이었다.

"괜찮아. 그게 네게 도움이 되었다면야."

"……미안. 그리고 고마워."

어차피 나랑 조세화가 합자회사를 차릴 예정이라는 것도 서로가 다 알게 된 마당이니까.

나는 양상춘에게 오늘 있을 일을 포함해 우리가 무슨 계획을 세우고 있는지를 이야기하기로 했다.

"얼마 전 할아버지께서 저희 회사에 방문하신 건 다분히 의도된 일이었어요."

"의도된 일이었다?"

"예. SJ컴퍼니의 실제 경영자가 이휘철 삼광 그룹 선대 회장님이란 소문이 필요했거든요."

꽤나 속물적이고 솔직한 고백이었음에도, 양상춘은 눈 하나 깜짝하지 않았다.

"음, 그럴 거라고는 생각했네. 더군다나 어차피 나 같은 일반 투자자들은 평소에도 그렇지 않을까 생각했거든."

"네. 덕분에 초등학생이 잘도 회사를 경영하는 거지만요."

제아무리 상장도 하지 않은 회사라고는 하지만, SJ컴퍼니는 다방면에 걸쳐 사업을 진행하는 회사이다 보니 그 행보와 일거수일투족은 소위 '투자자'들의 관심을 끌며 관련주의 시세를 오르내리게 하고 있었다.

"하면, 자네가 감투뿐이 아닌 실제 경영자임을 인지하는 인물은 극소수겠어."

"어차피 말해도 믿어 주지 않을걸요."

"자각은 하고 있나 보군."

"상황이 일반적이지 않다는 것 정도는요."

즉, 이런 것이다.

이따금 뉴스에 오르내리는 '소년 재벌'이라 불리는 부류가 있는데, 그들 대부분은 재벌가 후계자로 회사의 '주식'을 얼마 이상 소유하는 형식을 취해 추후 상속세 따위를 피하는 편법을 쓴다.

외부에서 보면 나 또한 그런 '소년 재벌'로 인식될 만한 부류로, 삼광전자의 투자를 받아 설립된, 이태석 삼광전자 사장의 아내가 대표로 있으며 그 초등학생 아들이 사장으로 있는 SJ컴퍼니는 은퇴한 이휘철을 경영고문으로 모신다.

이렇게 이휘철과 이태석은 누가 보아도 SJ컴퍼니가 '삼광그룹의 뒷주머니'로 생각할 법한 상황을 법에 저촉되지 않는 선에서 행사하고 있는 것으로 비치게끔 했다.

그럼에도 이러한 '편법'에 삼광의 주주들이 이의나 불만을 제기하지 않는 건 어디까지나 SJ컴퍼니가 기업의 목적에 걸맞은 행보와 결과를 보이고 있기 때문이다.

삼광전자의 자본으로 창립한 SJ컴퍼니는 얼마 지나지 않아서 삼광전자에 진 빚 모두를 갚았을 뿐만 아니라, 이태석의 아픈 손가락이던 멀티미디어 사업부를 데리고 가선 여러 걸출한 성과를 여봐란 듯이 보여 주었다.

뿐만 아니라 SJ컴퍼니가 독립적으로 벌인 사업 몇몇은 그대로 삼광전자의 이득으로 이어지기까지 했고, 삼광전자는 SJ컴퍼니가 발굴해 던져 준 사업 아이템으로 돈을 긁어모으는 중이었다.

그러다 보니 세간에선 일부러 자회사를 설립해 '삼광전자에서는 할 수 없는 일'을 자유분방하게 해내는 SJ컴퍼니를 보며 이태석(또는 이휘철)의 수완이 빛을 발한 것이라 평가할 지경이었다.

'뭐, 실제로는 이휘철의 변죽으로 만든 회사였던 데다가 당시 이태석의 반발도 만만치 않았지만.'

지금은 성공한 자회사이자 든든한 사업 파트너로 거듭나 있으니 이제는 이태석도 별말은 하지 않고 있었다.

그리고 얼마 전 이휘철의 SJ컴퍼니 방문은 두문불출하던 거인의 등장으로 비치며 (우리는 아무 말도 하지 않았지만)세간에선 알아서 '이휘철이 배후에 있다'는 오해에 확신을 불러오는 모양이었다.

'아무튼 뉴스거리를 몰고 다니는 사람이라니깐.'

솔직히 '이게 이슈가 될까' 반신반의했던 나 자신을 반성해야 할 일이다.

양상춘이 어조를 바꿔 물었다.

"이건 내 개인적인 호기심인데, 조부님께서는 실제로도 경영에 아무 간섭을 하지 않으시나?"

"네. 뭐, 필요에 따라선 사람을 소개해 주는 정도는 도와주시지만요. 아니면 이번 일처럼 회사를 찾아와 주시는 경우라든가……."

그것도 경영고문이란 명목하에 연봉과 지분을 가져가는 대가라고 한다면 딱히 힘든 부탁도 뭣도 아니다.

'오히려 그간 회사에는 코빼기도 비치지 않아 사람들이 의심하기 시작하려던 차에 잘된 일이었지.'

그건 둘째 치고.

나는 재차 말을 이었다.

"박사님께서도 할아버지가 방문하신 걸 알고 계신다니, 일

단 소기의 목적은 달성한 것 같네요."
"그래, 그 이야기 중이었지. 그러면 자네의 조부님이 회사에 방문하신 건 어떤 의도를 내포한 일이었나?"
나는 조세화를 힐끗 살폈다가 말을 이었다.
"눈치채셨겠지만, 사람들로 하여금 SJ컴퍼니 배후에 저희 할아버지가 있다고 오해하게끔 하는 일이에요."
"그건…… 자네가 세화와 세울 예정이라는 합자회사와 관계가 있는 건가?"
"그런 셈이죠. 저와 세화는 오늘 저녁 금일에서 주관하는 행사에도 공동 참석할 예정이고요."
양상춘이 고개를 끄덕였다.
"그렇다는 건, 다른 사람들이 이 일로 세화가 하려는 일에 반대가 없게끔 하도록 하는 거로군."
"그렇습니다. 동시에 세화가 조광을 통해 SJ컴퍼니와 설립할 합자회사에 이목을 집중하는 것도 겸하는 거죠."
양상춘은 잠시 생각하다가 입을 열었다.
"……그 후, 세화가 조광의 대표로 거듭나게끔 도움을 주려는 건가?"
이번엔 조세화가 양상춘의 말을 받았다.
"당장은 힘들 거예요."
"……당장은 힘들다?"
"짐작하시겠지만 회사 내부가 어수선하거든요. 제가 지켜

낼 수 있는 건 이번에 설립할 회사가 고작이고……. 저는 이후 한동안 경영을 비롯한 모든 일에 손을 뗄 생각이에요.”

조세화가 말을 이었다.

“이 일이 끝나면 유학을 갈 예정이거든요.”

“……유학?”

“예. 성진이네 할아버님과도 이야기한 거지만…… 지금 제가 한국에 있어 봐야 득보단 실이 많을 거 같아서요.”

그건 다른 한편으론 나에게 좋을 대로 이용만 당하다 버려질 수도 있단 이야기로 해석할 수 있는 내용이기도 했다.

하지만 조세화의 눈에는 체념이나 포기의 감정은커녕 각오와 결의가 새겨져 있었기에 양상춘은 무어라 하려던 말을 그만두고 고개만 끄덕였다.

“……이미 서로 협의가 끝난 내용이라면 내가 왈가왈부할 수는 없겠지.”

양상춘이 고개를 돌려 나를 보았다.

“아무튼 내가 방금 자네에게 이 이야기를 꺼낸 건 달리 이유가 있어서라네.”

“뭔가요?”

“어제 최서연이라는 인물이 새마음아동복지재단을, 구체적으로는 우선 요한의 집을 인수할 거란 이야기를 들어서.”

최서연 이야기가 여기서 왜?

나는 진심으로 어리둥절해져서 물었다.

"그건 이번 일과 관련이 있는 일인가요?"

"간접적으로. 내가 들으니 최서연은 최갑철 의원의 딸임과 동시에 박상대의 약혼자였다던데, 사실인가?"

다 알면서 새삼스레 물어보는 양상춘에게 나는 고개를 끄덕여 보였다.

"맞아요."

"그리고 어제 그 자리는 자네가 주선했다고 들었네만."

"……그것도 맞습니다."

"이것도 자네에게 이득이 되는 일인가?"

질문하는 양상춘에게는 아무런 적의도 느껴지지 않았고, 나를 범인으로 단정 지은 추궁의 낌새도 없었다.

'질문하는 의도를 모르겠군.'

나는 잠시 뜸을 들였다가 되물었다.

"박사님 생각엔 최서연 씨가 요한의 집을 인수하는 일이 제게 모종의 사업적 이득을 가져올 거란 말씀인가요?"

양상춘은 내 말에 고개를 갸웃하더니 고개를 저었다.

"……내가 질문을 잘못했군. 조금 구체적으로 묻자면, 최서연과 자네 사이에 어떤 일이 교두보가 있지는 않았는가 하는 뜻일세."

교두보라.

양상춘이 말을 이었다.

"우리는 앞서 대중에게 SJ컴퍼니의 경영 의사 결정자가 자네의 조부님이란 인식이 퍼져 있단 이야기를 했네. 또, 자네 역시 그것을 인지한 채로 이를 이용하려 하고 있지."

"……그렇습니다."

"그렇다면 사람들이 생각하길, 자네는 어디까지나 SJ컴퍼니의 이름뿐인 감투 사장에 지나지 않으며, 최종 의사 결정…… 아니, 애당초 경영 전략 수립 자체가 어른들 선에서 이루어질 거란 생각을 하고 있을 걸세. 하면."

양상춘이 안경을 고쳐 썼다.

"백 번 양보해 SJ컴퍼니는 요한의 집을 비롯한 새마음아동복지재단의 가장 큰 후원 업체이니 자네를 먼저 만나 이야기를 나누었단 것쯤은 가능하다고 보네. 하지만 그렇다는 건 다시 말해, 최서연은 자네가 실질 경영자임을 인지하고 있다는 의미라고 보네만."

"……."

"혹시 그 이전에도 자네는 최서연과 친분이 있었나? 아니 보다 구체적으로는 최서연은 자네가 SJ컴퍼니의 실질 오너이자 경영자임을 인지할 만한 일이 있었는가 묻는 것일세."

……씁.

알고 보니 양상춘이 던진 질문은 제법 사안의 핵심을 파고 드는 예리한 것이었다.

'나도 조금 안일했나.'

최서연이란 존재가 어떻게든 나와 연관될 수 있다는 것쯤은 인지하고 있어야 했음에도, 그 일에 대리인을 내세우지 않은 건 내 불찰이었다.

'……게다가 이제는 양상춘이 그 질문을 내게 던진 의도도 조금 짐작이 가는군.'

하는 수 없지.

나는 이 부분에 어느 정도 솔직해지기로 마음먹었다.

"솔직히 말씀드리면……."

그때, 똑똑 문 두드리는 소리가 들리며 직접 쟁반을 받쳐 든 신은수가 들어왔다.

"실례하겠습니다~."

활짝 웃으며 들어왔던 신은수는 테이블을 보며 복잡한 얼굴을 했다가 금방 표정을 고쳤다.

"메인 요리가 나와서요. 한우 채끝살 스테이크는 어디로 드릴까요?"

그녀는 프로 의식을 발휘해 내색하지 않고 있었지만, 내용물이 거의 그대로인 식탁을 보며 오늘은 대체 뭐가 문제였는지 고민할 듯했다.

'그것도 오너가 직접 데려온 손님들이 음식에 거의 손도 대지 않았으니…… 이거, 오해가 없도록 나중에 사과해야겠군.'

신은수가 돌아가고 난 뒤, 조세화가 어색하게 웃으며 나를 보았다.

"식당에는 미안하게 됐네. 하나같이 맛있어 보이는 것들이었는데.”

어쩔 수 없지.

사람이 죽어 나가는 이야기를 하면서 맛있게 음식을 먹을 수 있는 사람은 지구상에도 몇 명 되지 않을 테니까.

마이페이스인 양상춘도 이 상황이 조금 민망하기는 했는지, 보란 듯 메인 요리를 한 입 맛보더니 눈을 동그랗게 떴다.

“……맛있군.”

“아, 그래요? 감사합니다.”

“아니, 빈말이 아니라 정말로……. 강 형사가 이 식당을 좋아하는 이유를 알겠어.”

조세화도 양상춘을 따라 자신 앞에 온 요리를 맛보더니 고개를 끄덕였다.

“정말이네. 솔직히 말하면 호텔 레스토랑과 비교해도 결코 뒤처지지 않을 정도야. 장사가 잘된다 싶었는데, 그럴 만한 이유가 있었구나.”

그 말을 듣고 나도 내 몫으로 나온 요리를 한 입 먹어 보았다.

‘오늘은 오성환이 주방에 서 있나 보군.’

하긴, 신화호텔 주방장이 탐을 내던 인재라는 건 허언이 아니지.

“두 분의 칭찬은 기회가 될 때 주방장에게 전달하겠습니다.”

내 말에 조세화가 입가에 잔잔한 미소를 지었다.

“으응. 원래라면 지금 셰프를 불러 칭찬하고 싶지만…… 패밀리 레스토랑이지, 여기? 게다가 바빠 보이고.”

“왜, 부를까?”

“아니야. 나도 염치가 있지. 다음에 기회가 오면 그러자.”

그렇게 오승환이 실력을 한껏 발휘한 요리가 계기가 되어서, 우리는 잠시 뒤숭숭한 화제를 잠시 접어 두고 식사에 집중했다.

그사이, 나는 양상춘이 최서연에 대해 물은 저의를 곰곰이 생각했다.

‘혹시 그는 박상대의 몰락과 조설훈의 죽음 사이에 무슨 연관이 있다고 생각하는 중인 건가?’

그런 거라면.

나 또한 양상춘의 도움을 받아야 할 필요가 생겼다.

양상춘이 최서연을 화제에 올린 까닭은 그녀의 이번 요한의 집 인수인계와 관련해 그 시기의 공교로움과 그녀가 ‘나를 통해 접근했다’는 것에서 비롯한다.

아닌 말로, 최서연이 요한의 집에 접근한 명분은 뚜렷하다.

‘박강선의 존재지.’

다만, 최서연이 박강선을 의식하고 있다는 건 누가 보아도 명백하나 양상춘과 조세화가 그녀의 동기를 어떻게 해석하고 있는지까진 나도 알 수 없다.

'애당초 나 또한 최서연의 의도는 모르는 것이나 마찬가지니까.'

비록 최서연은 내게 접근하며 양갓집 규수라는 가면까지 벗어던졌지만, 그럼에도 불구하고 그녀가 요한의 집을 인수하는 것으로 박강선에게 접근한 의도 전부를 안다는 건 아니다.

'분명, 내게 숨기는 뭔가가 있어.'

거기에는 분명 내게 밝힌 형식적인 진실 이면에 숨은 또 다른 진의가 숨어 있으리라.

'그러니 나도 최서연이 한 말을 어디까지 믿을 수 있을지는 의문인 마당이고.'

여기서 나는 양상춘을 슬쩍 떠보기로 했다.

"혹시, 신문 기사 때문인가요?"

일부러 주어는 생략한 채로.

양상춘은 기대했던 대로 내가 던진 미끼를 덥석 물었다.

"그래."

달그락, 양상춘이 접시에 포크와 수저를 놓았다.

"이번 일은 네가 투자한 도깨비 신문의 기사에서 비롯한 것이 크지."

하지만 양상춘도 '최서연이 내게 접근한 까닭'에 대해 직접적으로 말하지는 않았다.

'그래서 김기환이 중우일보 시절 내 후원을 받아 기사를 작성했다는 것까진 모른다는 거야, 안다는 거야?'

그때 조세화가 시의 적절하게 끼어들었다.

"실은, 구봉팔 이사님이 내게 말씀하셨거든."

조세화는 중대 사실을 고백하듯 신중한 어조로 말을 이었다.

"도깨비 신문의 김기환…… 대표님이었지? 그분이 중우일보에 재적해 있던 당시 썼던 박상대의 기사를 올리도록 종용한 게 다름 아닌 우리 아버지였대."

나도 구봉팔에게 보고를 들어서 알고 있는 내용이지만, 조세화에게는 금시초문이라는 듯 눈을 동그랗게 떠 보였다.

"……그런 일이 있었어?"

"응."

조세화가 고개를 끄덕였다.

"그러니까 사실상 박상대 씨의 몰락에는 아버지도 일조하고 계셨던 거야."

"……."

오호라, 이 자리에서 그걸 내게 밝혔겠다.

나는 양상춘과 조세화의 낯빛을 살피며 빠르게 머리를 굴렸다.

'즉, 지금 이들은 진범의 배후에 최서연, 나아가 최갑철 의원이 있으리라 짐작하고 있는 거로군.'

만약 조설훈을 살해한 동기가 박상대를 파멸로 이끈 데에 대한 복수라고 한다면, 상황은 명쾌해진다.

'……내가 본 바로는 최서연도 박상대에게 딱히 마음이 있다거나 하지는 않아 보였지만.'

옛 약혼자를 몰락에 이르게 한 복수.

그런 단순한 까닭이면 얼마나 좋을까마는.

'어쨌건 최서연의 등장으로 나는 저 둘에게 용의선상에서 비껴가 있단 거지.'

물론 저들의 추측처럼 배후에 최서연(또는 최갑철)이 있다고 한다면 상황은 한결 복잡해지지만.

나로서도 조설훈을 살해한 진범이 누구인가 하는 것을 알고자 하는 욕망이 있었으므로, 나는 이때다 싶어 두 사람에게 고백하기로 했다.

'이젠 어설프게 시치미를 떼 봐야 공연한 오해만 살 뿐이니까.'

나는 조심스럽게 입을 뗐다.

"말씀을 듣고 보니…… 저도 누나가 저를 찾아온 이유에 조금 짐작 가는 부분은 있어요."

"짐작 가는 바?"

나는 고개를 끄덕였다.

"네. 저도 서연 누나랑은 불과 얼마 전 처음 만난 사이지만, 박사님이 말씀하신 대로 서연 누나가 저를 SJ컴퍼니의 실

질 경영자임을 알고 있었던 계기가 있어요."

"무슨 일인데?"

조세화의 말에 나는 한숨을 내쉬었다.

"솔직히 말하자면 김기환 대표님이 박상대 씨의 사생아 기사를 쓸 수 있게끔 협력한 사람이 나야."

내 고백에 조세화와 양상춘은 어리둥절해하는 얼굴로 나를 물끄러미 쳐다보았다.

"……뭐?"

먼저 입을 뗀 건 조세화였다.

"네가 왜? 어째서?"

정말로 몰랐던 건지, 아니면 알았다 해도 내가 왜 그랬는지는 모르겠지만.

"……그게 말이지."

힐끗 살피니, 양상춘은 이미 그 부분도 어림짐작하고 있었던 모양이다.

'숨기지 않길 잘했군.'

나는 머리를 긁적였다.

"내가 작년 연말에 요한의 집에서 행사를 진행했던 일은 알고 있지?"

"……응."

뭐, 그 일로 이야기도 나눈 바가 있으니까.

"그 뒤로 나도 인연이 닿아 요한의 집에 정식으로 후원을 하게 되었거든. 우리 회사 직원인 형이 요한의 집 출신이기도 했고."

힐끗 양상춘을 살폈지만, 그는 끼어드는 일 없이 내 말을 가만히 경청할 뿐이었다.

'어쨌거나 처음 듣는 이야기란 눈치는 아니군. 나 원, 대체 어디까지 알고 있는 건지.'

양상춘은 정진건의 지인이니 이래저래 요한의 집 출신이기도 한 조인영이 우리 회사에 들어오게 된 경위도 알고 있을지 모른단 생각에 털어놓은 거지만, 나는 그 반응을 보며 숨기지 않길 잘했단 생각을 했다.

"그러다 보니 나도 자연스레 요한의 집에 회사 후원금이 잘 쓰이고 있는지 신경이 쓰였어."

"……그래서 뒷조사를 한 거야?"

"뒷조사라고까지 말하기는 뭣하지만, 자금 흐름이 부자연스럽단 생각은 했지. 방송까지 탄 데다가 연말 분위기까지 겹쳐 막대한 기부금이 쏟아졌음에도 불구하고 요한의 집은 변화가 없었거든."

당시 요한의 집으로 쏟아진 막대한 후원금에 제 발이 저린 조세광은 모험을 하는 대신 일시적으로 자금 흐름을 끊었다.

"그러던 와중 세광이 형이 아는 사람을 통해 나를 만나자고 요청했고."

"……저번에 골프장에서 봤던 네 친척 형님?"

"응, 맞아."

이 부분은 조세화도 참석했으니 그녀도 잘 아는 바.

"그리고 세광이 형은 나에게 구봉팔 씨를 소개해 주었어."

거기서 양상춘이 끼어들었다.

"경위가 조금 이상하군. 암만 구봉팔 씨가 재단 이사장이라고는 하지만 그게 조세광이 자네에게 구봉팔 씨를 소개한 것과 무슨 관계가 있다는 거지?"

나는 혹시라도 구치소에 있는 조세광과 말이 어긋날 일이 없도록 사실대로 밝혔다.

"솔직히 말씀드리자면, 당시 세광이 형은 제 기부를 자신에 대한 공격일지도 모른다고 여겼던 모양이에요."

"공격?"

"네. 저도 나중에 알게 된 일이지만 세광이 형은 그때 요한의 집에 이어 새마음아동복지재단의 일에 간접적으로 관여하고 있었으니까요."

'나중에야 알았다'는 건 거짓말이지만.

나는 양상춘이나 조세화가 지적을 하기 전 재차 말을 이어갔다.

"겸사겸사 형은 제가 요한의 집에 막대한 후원을 한 저의도 궁금했던 모양이에요. 박사님도 아시다시피 당시 조광은 시기가 미묘했고……. 형 입장에서도 신중하게, 한편으론 과감하게 저를 만나 상황을 판단해야겠단 계산이 섰을지도 모르죠. 아, 방금 그건 어디까지나 제 생각에 불과하지만요."

"맨입으로?"

말하는 게 좀 노골적이다 싶었지만, 이미 알 거 다 아는 사이에 나는 부정하지 않았다.

"솔직히 말하면 그렇지만은 않아요. 세광이 형한테는 제가 주목하고 있던 아이템 하나를 추천해 주었거든요."

"아이템?"

"네, 스크린 골프라고……."

나는 양상춘에게 스크린 골프가 무엇인지 대략적인 개요를 설명했고, 양상춘은 내 말을 묵묵히 들으며 곰곰이 생각에 잠겼다.

그러면서 양상춘은 자신이 알고 있는 바와 내가 한 말을 교차 검증하며 사실 여부를 판단하는 모양이었다.

양상춘이 다시 입을 열었다.

"그건 결국 따지고 보면 성진 군에겐 손해뿐이기만 한 이야기지 않나?"

"손해라뇨?"

"그야……."

요한의 집에 후원을 했을 것뿐만 아니라, 매력적인 사업 아이템까지 고스란히 넘겼으니 그럴 만하다 생각한 것 같지만.

나는 쓴웃음을 지으며 고개를 저었다.

"그럴 리가요. 그건 실상 저에게도 투자인 셈인데요."

"투자?"

"네, 저라고 조광 그룹의 장손인 세광이 형과 친해져서 나쁠 거 없잖아요."

내 말에 양상춘은 그제야 고개를 끄덕였다.

"……반대로 말하면 조세광에게도."

"예. 저도 엄밀히 말해 대기업 오너 집안사람이니까요."

그것도 회사 가치만을 따지고 보면 같은 대기업이라도 수출까지 하는 삼광과 국내에 집중할 뿐인 조광은 격차가 크다.

그리고 이 상황에 조세광이 내게 요한의 집을 순순히 넘겨준 까닭은 무엇인가 하니.

조세광은 내가 박상대를 공격할 거라고는 전혀 생각도 못한 것에 가까울 것이다.

'하긴, 내가 앞길 창창한 정치 신인을 리스크를 감수해 가며 공격할 거라고는 생각하지 못했겠지.'

거기에 나도 착오가 있었다면, 최갑철의 정보망과 권력을 내가 살던 근미래 기준으로 판단했단 점이지만.

'나도 거기서 최갑철이 끼어들 줄은 몰랐거든.'

양상춘은 내가 의도한 대로 재단의 부정을 눈치챈 시기를 관련해 캐묻는 대신 조세광의 행동 동기에 대해 물었다.

"즉, 그건 다시 말해 조세광이 요한의 집을 비롯한 새마음아동복지재단에 대한 권한 일체를 자네에게 맡긴 거라고 해석해도 되겠나?"

나는 양상춘에게 보란 듯 고개를 갸웃했다.

"좀 더 구체적으로 말하자면…… 세광이 형은 그 시점에서 제게 권한 일체를 양도했다고 말하기보단 그냥 손을 뗐다는 편이 더 정확하겠죠."

귀에 걸면 귀걸이, 코에 걸면 코걸이라지만, 조세광이 재단 이사장인 구봉팔을 내게 소개해 준 것만으로는 행위 자체가 입증되지 않는다.

외부에서 보자면, 조세광은 어디까지나 자신이 관리하던 업체 중 하나를 놓아준 것에 불과했고, 나 역시도 '그럽시다' 하고 원만한 협의를 한 것에 지나지 않는다.

하지만 양상춘은 쉬이 넘어가는 법이 없었다.

"하지만 누군가 다른 사람이 뒤를 캐보기 시작한다면 자금 흐름이 불투명하다는 것쯤은 어렵지 않게 드러났을 텐데. 자네가 한 말을 빌리자면, 성진 군 역시도 조세광과 만나기 전부터 그 점을 의아해하지 않았나?"

"다시 말씀드리지만, 엄밀히 말하면 저에게 모든 권한이 온 게 아니에요. 저는 어디까지나 제가 낸 후원금이 투명하게 쓰일 수 있게끔 확인할 수 있게 된 거죠."

그리고 박상대와—박상대 본인은 그 존재를 까맣게 잊었을지라도—오래 전부터 알고 지내던 구봉팔은 자신이 관리하는 재단의 돈이 어떻게 쓰이는지 아주 잘 알고 있었다.

'이게 내가 빠져나갈 구멍이지.'

나는 어디까지나 (서로 오해가 있었을지는 모르지만)조세광의 묵인하에 일을 벌였을 뿐이라는 것.

양상춘이 그 지점을 파고들었다.

"그렇다면 성진 군은 이후 구봉팔 씨를 통해 그 자금의 불투명함에 대해 좀 더 구체적으로 알게 되었겠군."

"……그렇습니다."

나는 시인했다.

"그리고 저는 그게 잘못된 일이라는 것도 알고 있고요."

나는 공정과 상식으로 똘똘 뭉쳐 (물밑 거래는 할지라도)불의를 용납하지 못하는 인물을 연기했다.

"알아보니 박상대 씨는 D구에 출마할 예정이시더군요. 그때 저는 제가 할 수 있는 일이 이 일이 언론을 통해 온 국민이 알게 하는 것이라고 생각했습니다. 그래서 예전에 알게 된 방송국 관계자를 통해 김기환 대표님을 소개받았어요."

이야기는 슬슬 본론을 향해 치닫고 있었다.

양상춘이 물었다.

"그러면 김기환을 시켜 박상대의 비위와 관련한 기사를 쓰게 한 것은?"

나는 꿀릴 것 없다는 듯 당당하게 대답했다.

"예, 제가 한 일입니다."

"……."

"저는 자금 흐름을 추적해 재단 기금이 태국으로 흘러 들어간다는 걸 알아냈고, 그 돈은 정순애 씨를 향한다는 것도 알았죠. 저는 김기환 기자님이 양질의 기사를 쓸 수 있도록 그걸 도왔고요."

내 말에 양상춘과 조세화는 복잡한 얼굴로 서로를 마주 보았다.

'아직 놀라기는 이른데 말이야.'

나는 웃고 싶은 걸 참으며 입을 뗐다.

"그리고 박사님도 아시다시피 기사는 나가기 직전, 검열되었습니다."

5장

양상춘은 기사가 검열되었다는 내용의 맥락이 나온 순간에 주목했다.

"그렇다는 건 성진 군, 자네는 기사의 원문과 그것이 검열된 과정을 모두 알고 있었단 의미인가?"

"정확히 말씀드리자면, 저도 석간이 나온 뒤에야 기사가 검열되었다는 것을 알았습니다."

"……그 말은."

"예, 제가 본 초안과 다르더군요. 내용이 검열되기 전 원문이 어떠했느냐는 건 박사님도 잘 아실 테고요."

특집으로 실린 기사의 제목은 당돌했으나 실제론 아무런 알맹이도 없는 기사가 중우일보에 실렸고, 나는 그것이 초안과 다르단 걸 한눈에 알아보았다.

나는 입을 꾹 다문 양상춘을 보며 재차 말을 이었다.

"그리고 석간을 읽는 도중 제 개인 연락처로 전화 한 통이 걸려 왔습니다."

양상춘이 눈을 가늘게 떴다.

"누구였지?"

"최갑철 의원님 본인이었습니다."

"……."

대수롭지 않은 듯 툭 나온 대답이었지만, 이는 최갑철이 내가 회사의 실질 경영자인 것을 알 뿐만 아니라, 박상대 취재를 지원했다는 것도 알고 있었단 의미였다.

양상춘은 자신이 인맥과 지력을 총동원해 유추했던 걸 손쉽게 알아낸 정치인의 정보 수집 능력에 그만 할 말을 잊었는지 의자에 가만히 등을 기댔고, 그 틈에 조세화가 끼어들었다.

"그렇다는 건, 정말로 최갑철 의원 선에서 기사가 검열되었단 이야기니? 그리고 최갑철 의원은 성진이 너한테 직접 전화를 걸었고?"

"응. 나를 한번 만나자고 하시더라고."

나는 둘에게 보란 듯 쓴웃음을 지었고, 조세화가 진지한 얼굴로 재차 물었다.

"만났어?"

"……응."

나는 고개를 끄덕였다.

"운락정이라고, 요정(料亭) 같은 곳이었지."

"……요정? 요즘 시대에도 그런 게…… 아, 있긴 있구나. 어릴 때 할아버지를 따라 그런 곳에 갔던 기억이 나."

그렇게 말하며 조세화는 옛 생각이 났는지 잠시 울적해했다.

'거참, 조세화를 그런 곳에 데리고 다닐 정도였다니, 조성광 회장의 손주, 아니, 딸 사랑은 알아줘야겠군.'

뭐, 나도 가 본 바 딱히 불건전하다거나 하는 건 아니었으니 애를 데리고 간들 알 바는 아니지만.

마음을 다잡은 조세화가 물었다.

"그래서 어떻게 됐어? 누구랑 갔고?"

"어떻게 되긴……."

나는 그날 있었던 일을 말하려다가 이휘철과 함께 온 안기부 곽철용의 존재를 언급해도 될지 몰라 잠시 멈칫했다.

'……그렇다고 곽철용의 존재를 완전히 감춰 버리면 앞으로 할 이야기의 앞뒤가 맞질 않게 될 테니 조금 얼버무려야겠군.'

나는 빠르게 생각을 마친 뒤, 말을 이었다.

"나랑 김기환 대표님이랑 구봉팔 이사님."

"……으음."

김기환은 그렇다 쳐도 구봉팔까지 동석했단 이야기에 조세화는 설명하기 힘든 서운함을 느낀 듯했다.

'그런 자리에 불려 갔으면서도 아무 말도 하지 않은 구봉팔에게 서운함을 느꼈단 건, 다시 말해 구봉팔을 제 편이라 인식한단 방증이기도 하지.'

나는 혹여나 오해가 없게끔 덧붙였다.

"하지만 구봉팔 이사님은 따로 대기하셨고, 방에는 나랑 김기환 대표님만 갔어. 그러니까 구봉팔 이사님은 우리가 무슨 대화를 나눴는지 잘 모르실 거야."

"그랬구나."

조세화는 내 말에 구봉팔을 향한 서운함을 조금 덜어 낸 듯했다.

"……하지만 그런 어른이랑 둘만 있었으면 힘들었겠다."

"아니야. 그 뒤 내 쪽에서도 할아버지가 와서 도와주셨거든."

조세화가 눈을 깜빡였다.

"……네 할아버님께서?"

"응."

최갑철에 이휘철까지 모인 자리라니.

여느 기자가 해당 정보를 캐치했다면 침을 질질 흘려 댈 만한 정보였다.

'정작 그 자리에 있던 김기환은 그들이 뿜어내는 존재감에

짓눌려 아무것도 못 했지만.'

직후 말을 이었다.

"그리고 할아버지 친구분이랑."

전혀 생각도 않던 제3의 인물이 언급되어서일까, 잠자코 있던 양상춘은 집중하려는 듯 몸을 살짝 앞으로 기울였고, 조세화는 고개를 갸웃했다.

"할아버님 친구분이라니?"

"나도 잘 모르는 분이야."

나는 그 정도 선에서만 시치미를 떼기로 했다.

뭐, 실제로도 당시엔 곽철용이 뭐 하는 인간인지 잘 몰랐고, 따로 조사해 알고 난 뒤에도 '자세히'는 모르는 인물이었다.

'당신이 누구라는 그 정보조차 의도적으로 흘린 느낌이었지.'

양상춘이 참지 못하고 끼어들었다.

"그분은 누구신가?"

나는 어깨를 움츠렸다.

"아까 말씀드렸다시피 저도 잘 몰라요. 그분이 저희 할아버지와 간간히 바둑을 두시는 분이라는 것밖에는 잘……."

"……."

거기서 양상춘은 이휘철이 대동하고 나온 인물이 '재계 쪽도, 정계 쪽도 아닌' 인물이라는 정도는 알아들은 듯했다.

'그러면서도 정계 거물을 만나는 은밀한 자리에 대동할 정도의 인물이지. 잘 생각해 봐.'

양상춘이 마지못해 고개를 끄덕였다.

"……알겠네. 그럼, 거기서 무슨 이야기가 오갔는지 들을 수 있겠나?"

"음, 저로선 박사님께 당시 상황을 고스란히 옮겨 드리기는 힘들 거 같아요."

이무기들이 속내를 감추고 수 싸움을 하던 자리다.

내가 요약을 한들 당시 상황이 직관적으로 와닿지도 않을 것이고, 그건 설령 내가 토씨 하나 틀리지 않고 전달하더라도 그들이 내뱉은 어조의 뉘앙스, 몸짓, 타이밍 등을 재현할 수 없으니 두 사람에겐 흰소리로 들리긴 마찬가지이리라.

양상춘은 이해했다는 듯, 하지만 아쉬워하는 빛을 감추지 않으며 고개를 끄덕였다.

"정 그렇다면 자네가 파악한 내용이라도 좋네."

그 정도라면 무해하지.

"음……. 거기서 제가 파악한 핵심만 전달해 드리자면 박상대 씨 이야기가 오갔어요."

"직접적이었나?"

"……그 상황에서는요."

둘 사이에 박상대의 이름은 단 한 차례만 언급되었을 뿐이고, 박상대가 뭘 어떻게 하였단 내용은 나오지 않았다.

그 뒤는 또다시 이무기들의 에두른 소리들만 오갔지만.

그들에게 그 정도면 대놓고 말하는 직설이나 다름없었을 것이다.

이후 한동안 곰곰이 생각에 잠겨 있던 양상춘이 물었다.

"그 자리에 조부님을 부른 건 자네의 판단이었나?"

"아뇨. 어떻게 알고 오셨는지 저도 거기서 할아버지를 뵙고는 깜짝 놀랐는걸요."

진심이다.

당시 방을 불쑥 찾아온 이휘철을 본 나는 간이 철렁할 정도였으니까.

"하면 조부님과 함께 온 그 친구분은 거기서 무얼 하셨나?"

꽤 꼬치꼬치 캐묻는군.

"상황을 중재하셨습니다."

"……그 상황을?"

대한민국 재계에서 둘째가라면 서러울 인물과 정계에서 내로라하는 인물 사이에 끼어들어 중재를 할 만한 인간이라니.

양상춘은 그 '친구'가 누군지 몹시 궁금해하는 눈치였지만, 내가 모른다고 잡아뗀 이상 이 자리에서 그걸 알 도리는 없다.

나는 최갑철 입에서 나온 이야기를 양상춘에게 전달했다.

"……그리고 김기환 대표님…… 그 당시엔 기자님이었죠. 김기환 기자님께 '이 일을 없던 일로 해 달라'고 말씀하셨습니다."

그 말을 들은 양상춘이 눈을 가늘게 떴다.

"그 말은 강압적인 분위기에서 나온 이야기인가?"

뭐, 이휘철과 최갑철이 동석한 자리라면 망부석마냥 가만히 있기만 해도 그 자체로 강압적인 분위기가 조성되겠지만.

"그렇지는 않았어요. 제 기억엔 '맨입으로 하는 이야기가 아니'라고 말씀하셨고…… 동기들에게 큰소릴 떵떵 칠 정도의 대가라고도 말씀하셨거든요. 이후 두 분 사이에 무슨 일이 있었는지는 저도 모르지만요."

나도 김기환과 그날 일이며 후일담을 따로 언급한 적은 없었지만 아마 곽철용이 대가로 지불한 건 정보였을 것이다.

'이후 김기환은 대통령 친인척과 관련한 제법 굵직한 비리 기사를 써 냈거든.'

어쨌거나 금품이 오가지는 않았다.

하긴 곽철용의 자금 상황은 나도 잘 알고 있고, 심지어 '활동비'가 부족해 꽤 곤궁해 보였으니까.

양상춘은 거기서 짐작 가는 바가 있는지 고개를 끄덕였다.

"자네 말을 들으니 생각나는 바가 있군. 아무튼 알겠네."

그때 가만히 있던 조세화가 내게 물었다.

"그런데 할아버님은 최갑철 의원이 너를 불렀단 걸 어떻게 아신 거야?"

"……나도 의문이야. 그 뒤로 그 일과 관련해 언급하지 않으셨거든."

"얘는. 네가 할아버님께 먼저 여쭤볼 생각은 하지 않았니?"

조세화는 나와 이휘철이 일반적인 조손 관계와 어딘지 다르단 걸 인지하지 못하는 모양이다.

'조세화는 특히 조성광의 사랑을 듬뿍 받았으며 자랐으니 더더욱 그렇게 생각하는 모양이지.'

나는 대답 대신 어깨를 으쓱였다.

"쉽지 않아. 따지고 보면 내가 아무런 상의 없이 일방적으로 폐를 끼친 걸 수습해 주신 거나 다름없는데 무슨 염치로."

"그래도 너희 할아버님이라면 이해해 주셨을 거야. 좋은 분이던걸."

이휘철은 친절을 보일 필요가 있는 사람에겐 한없이 친절해질 수 있는 인물이지.

하지만 내가 이 자리에서 이휘철에 대해 이러쿵저러쿵 개인적인 감상을 늘어놓는 건 누워서 침 뱉기나 다름없었음으로 나는 미소로 대답을 대신했다.

조세화가 한숨을 내쉬었다.

"그럼 이야기가 도중에 샌 건 분명한데…… 어딘지 짐작 가는 바는 없고?"

"……나도 몰라."

당시엔 나도 김기환이 외압에 굴복하여 타협한 것이 아닐까 잠깐 생각했을 정도였지만, 그렇지 않았다.

'그 정보를 흘린 인물이 구봉팔일 까닭은 더더욱 없고…….'

김기환도 중우일보에 소속된 평기자이니 기사를 올리기 전 편집부의 승인을 받아야 했을 것이고, 최갑철이 개입한 건 편집부의 최종 승인을 받은 기사가 나가기 직전이었을 것이다.

또한 이후 김기환이 자신의 직업에 대한 회의감에 빠져 한동안 폐인처럼 지냈단 걸 생각하면, 그리고 기회가—그러니까 인터넷이라는 매체와 울고 싶을 때 뺨까지 때려 준 조설훈까지—오자마자 기다렸다는 듯 기사 원문을 인터넷에 개제하였다.

"아무튼 최소한 내 주변 인물은 아닐 거라고 생각해."

나는 일단 그렇게 말했지만 속으로는 멈칫했다.

'잠깐. 생각해 보니 이상하군.'

중우일보의 발행 부수가 대한민국을 대표하는 언론사 중 하나로 이름을 드날릴 정도는 아니지만, 그렇다고 가십이나 다루는 삼류 지라시 전문지인 것도 아니다.

지금은 유신정권과 군부독재를 지나 언론은 어느 정도 표현의 자유를 되찾은 시대이고, 오히려 그 반동이 지나쳐 '국민의 알 권리'만 들이대면 개인의 사생활까지 파헤쳐도 된다는 의식마저 팽배하기 직전인 시대였다.

그러니 설령 제아무리 최갑철의 입김이 강하다손 치더라도 지금 같은 시대에는 그러한 시도조차 리스크를 감수해야 했다.

하물며 지금은 여당의 지지율이 낮은 시국이 아니던가.

'그렇다고 중우일보가 딱히 친여당 성향의 신문사도 아니고.'

중우일보가 그런 특정 정당이며 이념에 치중한 신문사라면 김기환 같은 인물이 꾹 참고 다니지도 않았을 것이다.

그때, 잠자코 있던 양상춘이 내가 방금 전 깨달은 위화감을 파고들었다.

"그건 어딘지 이상하군."

조세화가 물었다.

"어디가요? 설마 또……."

조세화는 얼른 말끝을 흐렸지만, '아직도 성진이를 의심하고 있는지'를 물으려 했던 것이리라.

"아니, 그런 의미가 아니라 내 말은…… 방금 있었던 이야기로 돌아가, 검열이 지나치게 빠르단 뜻일세."

"……빠르다고요?"

"음, 게다가 스무스하기까지 했지."

양상춘이 고개를 끄덕였다.

"언론사에서 편집부의 권한은 막강하지. 하물며 신문사 먹물을 먹은 양반들은 더한 것으로 아네. 지금 편집부 위치에 오른 인물 경력쯤이라면…… 힘든 시기를 보내고 찾아온 봄을 놓치려 하지 않겠지."

양상춘이 말을 이었다.

"그게 아니더라도, 그들이 박상대의 추문 기사가 나가는 걸 막으려 했다면 최종 승인을 내리기 전에 막을 수 있었을 걸세. 하지만 편집부의 최종 승인까지 떨어진 내용을, 기사가 나가기 직전에 검열했다는 건 그들과 무관한 선에서 정보가 샜다고밖엔 생각이 들지 않는군."

양상춘은 그 뒤 나를 보았다.

"성진 군, 당시 자네가 박상대의 사생아 기사를 지원했다는 걸 아는 인물은 누가 있었나?"

"극소수입니다."

정순애를 한국에 불러오는 비행기 삯이며 체제 비용 등, 김기환의 취재에는 내 사비가 쓰였다.

굳이 추가하자면 박강선과 정순애 정도가 포함되겠지만, 아직 제 앞가림은커녕 손익 계산도 못 하는 박강선은 당연히 제외하고 정순애는 그야말로 이해 당사자이니 우릴 배신할 까닭이 전무했다.

'그러니 누가 나를 스토킹하며 일거수일투족을 감시하며 사적 자금 흐름까지 캐내지 않는 한, 정보가 샐 리는 없어.'

내 말을 들은 양상춘이 턱을 긁적였다.

"결국 이 상황에 생각할 수밖에 없는 건, 최갑철 의원의 입김이 진즉에 중우일보에 닿아 있었다는 것뿐이군. 그것도 사적 친분을 내세운……."

양상춘은 중얼거림 끝에 말끝을 흐리곤, 잠시 뜸을 들였다가 덧붙였다.

"양춘자."

양춘자?

양춘자라면 정순애의 지인이면서 한때 박강선을 입양하려 시도했던 인물이었다.

'게다가 조설훈이 찾아 헤매던 인물이기도 하고, 박상대가 정순애를 살해하였을지 모른다는 증언도 했지.'

그리고 지금은 하던 일을 관두고 요한의 집에서 보육 교사로 일하는 중이었다.

'그렇다는 정도만 알고 있고, 그간 아예 신경을 끄고 살았는데.'

내가 잠시 생각하는 사이 조세화가 눈을 깜빡였다.

"그분요?"

보아하니 조세화도 양춘자에 대해 아는 눈치였다.

'하긴, 요한의 집에서 만나 보긴 했겠지. 게다가 조세화도 도청 내용을 들어 보았으니, 조설훈이 찾던 인물이 양춘자였단 걸 눈치챘을지도 모르겠군.'

양상춘이 고개를 끄덕였다.

"음, 내가 알기로 살해당한 정순애가 한국에 와서 속 깊은 이야기를 털어놓은 인물은…… 인터뷰어를 제외하면 그녀가 유일해. 더욱이 정순애가 양춘자를 만났다는 건 강 형사의 수사로 입증된 사실이기도 하고. 만약 중간에 정보가 샌 거라면 그 사람뿐이겠지."

양상춘의 말에 조세화가 눈살을 찌푸렸다.

"그건 어디까지나 정황이고 가정일 뿐이잖아요. 저번에 들으니까 강선이도 입양하려 했던 분이던데, 정순애 씨나 강선이에게 해가 될 일을 했겠어요?"

"두 가지 이유를 들 수 있겠군. 하나, 당시엔 그렇게 심각하게 받아들이지 않았거나, 둘, 죄책감 때문일 가능성. 아니, 정정하지. 두 번째 사유는 첫 번째가 원인이 되었을 수 있으니 굳이 따지면 한 가지 이유라네."

나는 양상춘의 말을 들으며 저 사람은 만인에 대한 투쟁을 몸소 실현하려는 건 아닐까, 생각했을 정도였다.

'모든 걸 의심하고 의심한 끝에 다다른 결론이란 점에서는 납득이 가지만…… 나도 그건 아닌 거 같은데?'

뭐, 그런 사유 끝에 헛다리를 짚어 급기야는 (순진무구한 초등학생인)나를 범인으로 지목했으니, 냉소적인 의미에선 사고가 열린 인물이라 받아들이지 못할 것도 아니다.

양상춘이 말을 이었다.

"강 형사에게 들으니 애당초 그녀는 정순애 씨가 한국에 와서 박상대와 재결합해 보려는 것 자체를 못마땅해했던 모양이더군. 한편으로는 합리적이지 않나? 그 기사로 박상대가 파혼을 하고 정치 생명이 끝날지라도 그가 정순애 씨와 재결합을 할 가능성보단 차라리 태국으로 돌아가 육아에 힘쓰는 것이 친구며 친구의 자식을 위해서 더 나은 선택일 수도 있네. 그런 이유로…….”

미리 기사가 나가는 걸 막고, 그녀가 정순애로 하여금 '분수에 맞는 삶'을 살도록 한 것이라면.

'흠, 듣고 보니 합리적이긴 하군. 처음부터 악의가 있어서 한 행동도 아니고.'

하긴, 생각해 보면 정순애는 박상대에게 집착하는 느낌이 없단 김기환의 말도 있었으니.

'때론 사안을 객관적으로 바라보는 제3자의 관점이 해결엔 합리적일 수 있지. 당사자가 그걸 받아들이건 말건 간에 말이야.'

조세화는 납득은 가지만 동조까진 못해 주겠단 얼굴을 하며 나를 보았다.

"성진이 너도 그렇게 생각하니?"

"……가능성은 있다고 봐."

내가 양상춘의 견해를 두둔하고 나서니 조세화는 서운한 표정을 지었지만, 상대적으로 양상춘의 얼굴엔 득의양양한 미소가 스치고 지나갔다.

"그렇다네. 양춘자 씨의 행동 자체는 어쨌건 선의에서 비롯하였지. 하지만 그녀도 정순애가 박상대를 찾아가 그에게 살해당할 거라고는 전혀 생각하지 못했을 걸세. 그러다가 결국 정순애가 살해되었다는 걸 알게 된 이후 죄책감과 두려움을 이기지 못하고 고향에 몸을 숨긴 것이라면, 사안의 처음과 끝을 주목하고 있었단 의미에서 그럴듯하지."

나는 고개를 끄덕였다.

"네, 게다가 하윤 누나에게 들으니까 정순애 씨 쪽, 그러니까 강선이의 외가 쪽에서 강선이를 입양하려는 시도를 한 날, 양춘자 씨도 입양을 하겠단 말씀을 했다고……."

"그래. 어쨌건 그 일은 우리도 알다시피 박강선은 요한의 집에 재적되는 것으로 그 일은 무던히 넘어갔다고 들었네."

양상춘이 문득 생각난 듯 내게 물었다.

"그러고 보니 강 형사에게 변호사를 알선해 준 것도 자네라고 들었네만."

"네, 맞아요. 처음엔 입양 관련한 일이었죠."

"혹시 그 변호사에게 다른 이야기는 듣지 못했나?"

나는 어깨를 으쓱였다.

"강선이가 변호사님의 고용주거든요. 아무리 제가 소개해 줬다지만 남에게 함부로 그런 걸 발설할 분은 아니에요."

"강선이가 고용주?"

"네. 얼마인지는 말하지 않았지만요."

실제론 꽤 많은 걸 들었지만, 나는 시치미를 뗐다.

"다만 강선이가 받을 유산 관리에 필요한 재테크는 제가 해 주고 있으니, 필요한 만큼은 듣고 있어요."

"뭐, 자네가 그렇다고 말하니 알겠네."

"그런데 어떤 걸 물어보려 하셨나요?"

"음……."

양상춘은 잠시 뜸을 들였다가 고개를 저었다.

"아니, 됐네. 어차피 자네도 모르는 모양이고."

아, 예. 그러십니까.

이어서 양상춘이 조세화를 보았다.

"어쨌거나 세화도 보고 들었듯, 양춘자 씨는 박강선을 입양하려 할 정도로 그 아이를 각별히 생각했을 뿐만 아니라, 자신이 박강선을 입양할 수 없는 입장인 것을 알고 난 뒤엔 아예 박강선이 기거하게 될 요한의 집에서 보육 교사가 되었네. 이정도 선택이라면 분명 본인의 인생에도 영향을 끼칠 분기라고 할 수 있지. 그건 보통 죽은 지인의 자식을 향한 동정심만으론 할 수 없다고 보네. 이는 분명 좀 더 중요한…… 그러지 않고선 자아를 유지하기 힘든 무언가가 있어야 하겠지."

나는 양상춘의 말을 거들어 주었다.

"즉, 박사님께선 양춘자 씨의 행보가 정순애 씨나 강선이를 향한 일종의 속죄라고 보시는 건가요?"

"그래, 그걸세. 속죄. 내가 앞서 말했던 죄책감이란 것보단 좀 더 적합한 어휘군."

양상춘은 잠시 '속죄, 속죄' 하고 중얼거렸다가 말을 이었다.

"비합리적인 일이긴 하지만, 그걸로 본인이 심신의 평안을 찾는다면야 타인이 왈가왈부할 일은 아니지. 하지만 지금은 우리에게도 퍽 중요한 일이 아니겠는가, 나는 생각하네."

과연.

나는 별로 신경을 쓰지 않아서 생각하지 못한 바였는데, 양상춘의 말을 듣고 보니 꽤 그럴듯하단 생각이 들었다.

한편, 조세화는 끝까지 인정하지 않으려는 모습을 보였다.

"결국 궤변이에요. 당사자가 무슨 생각을 했건 간에 그건 본인만 알 수 있는 거잖아요."

"본인도 스스로를 모를 수 있지만, 여기선 굳이 지적하지 않도록 하지."

그건 지적이 아닌가?

"아무튼 이제부터는 그걸 알아보면 될 일이고."

"……."

조세화는 내키지 않는단 얼굴을 할 뿐이었다.

아마 조세화가 양춘자가 언급되는 걸 기피하는 까닭은 양춘자의 첫인상을 좋게 보았거나—보육 교사란 직업은 일단 호감을 사고 보는 직업이니—조설훈이 양춘자를 찾아 헤맸단 도청 내용을 떠올려 괜한 껄끄러움을 느꼈기 때문이리라.

'그리고 조세화가 양상춘에게 도청 내용을 말했는지 아닌지는 모르겠지만, 경찰 및 관계자들은 이미 조설훈이 양춘자를 찾아다녔다는 걸 알고 있거든.'

어떻게 알고 있느냐 하면, 조세광에게 살해된 박길태가 보험용으로 숨겨 둔 도청 사본이 경찰 손에 들어갔으니까.

'뭐, 그것도 조설훈이 죽어 버리면서 큰 의미는 없게 되었지만…… 그걸로 조설훈을 압박할 수 있었다면 나에겐 충분하지.'

그걸 김보성이 강하윤이나 양상춘에게도 공유했는지는 모르겠지만.

조세화는 잠시 뚱한 얼굴로 양상춘을 보다가 툭하고 물었다.

"그런데 그게 중요한 건가요?"

이미 다 지나간 일인데, 하고 말하고 싶은 것이다.

"중요하지."

양상춘이 단언했다.

"내가 왜 그걸 중요하게 생각했는가 하는 건 성진 군의 대답을 듣고 난 뒤 말을 이어 가겠네. 성진 군."

"네?"

"혹시 그 요정이란 곳에 최서연도 있었나?"

"아뇨."

내게 왜 그런 하릴없는 질문을 던졌을까, 생각했더니 양상춘은 또다시 질문을 던져 내가 품은 의혹을 해소해 주었다.

"그렇다면 최서연은 자네의 존재를 양춘자에게 들었을까?"

아하, 그런 이유였나.

그는 양춘자가 최서연에게 이 일을 일러바친 게 아닌가 생각한 모양이었다.

'최서연은 박상대의 약혼자이기도 하고.'

그래도 명색이 정치 거물의 따님이신데, 양춘자가 그녀에게 어떻게 접근했는지는 모르지만, 양상춘은 가능한 모든 가능성을 열어 두고 사고하는 인물이니까 나는 그러려니 했다.

"아닐 거예요. 제가 양춘자 씨를 알게 된 건 한참 뒤의 일이고…… 당시엔 양춘자 씨나 정순애 씨도 제 존재를 몰랐을 거라고 생각하거든요."

실제로 이번 생에서 박강선의 실물을 본 것도 정순애가 살해되고 난 뒤 정진건과 강하윤이 그를 요한의 집에 위탁하러 왔을 때였다.

"그렇군."

그런데 정작 질문을 던진 양상춘은 그럴 줄 알았다는 듯이 고개를 끄덕였다.

"성진 군. 아까 전 자네에게 변호사 이야기를 하려다 말았던 내용이 있는데, 기억하나?"

"아, 네. 기억해요."

"내가 자네에게 물으려던 건, 최서연 측에서 박강선을 입양하려 했거나 하는 이유로 접근한 적은 없었는가를 물으려 한 것이었네."

의외의 지적에 나는 내심 놀라 연기하는 것도 잊고 눈을 깜빡였다.

"서연 누나가요?"

"그래. 지금은 자네가 소개한 변호사가 박강선의 법적 대리인이니, 혹시 최서연 측도 그 변호사를 통해 박강선의 입양을 알아보거나 하지는 않았을까 싶어서. 하지만 자네가 소개한 변호사가 의뢰인과의 비밀 엄수를 중시하는 모양이니 자네도 모를 거라 생각해서 묻지 않은 거고."

"……예."

양상춘은 제법 예리하게 사안을 파고들었다.

'실제로 최서연은 때를 봐서 박강선을 입양할 계획인데. 흠, 양상춘은 앉은 자리에서 그걸 꿰뚫어 본 건가?'

나도 당장은 그래서 어쨌단 느낌과 묘한 위화감이 공존하는 상태였지만.

'아무 의미 없이 던진 질문은 아니겠지.'

나는 일단 지금 양상춘이 궁금해하는 것이 '최서연은 나를 어떻게 알게 되었는가'인 것 같아서 먼저 대답해 주었다.

"하지만 운락정에 없었던 서연 누나가 저를 알고 찾아온 건 달리 납득 가는 이유가 있어요."

"……그래? 뭔가?"

"네, 그게, 누나는 저와 만난 자리에 운락정에서 본 최갑철 의원님의 비서와 함께 있었거든요."

신정현이라는 이름의 비서였지.

양상춘이 고개를 끄덕였다.

"즉, 자네는 최서연이 자네를 알게 된 것이 비서에게 들었기 때문이라고 보는 거군."

"그렇다고 봐요."

"하긴, 최갑철 의원이 최서연에게 그때 있었던 일을 미주알고주알 말하는 것보다는 그게 더 납득이 가."

양상춘은 잠시 생각하다가 입을 뗐다.

"혹시……."

그는 입을 벙긋거리려다가 말고 그답지 않게 꽤 곤혹스러워하는 표정을 하더니 신중하게, 그러면서 얼버무리듯 내게 물었다.

"……자네가 보기에 그 비서와 최서연 사이에 어떤…… 사적인 기류나 흔적이 보였나?"

아무리 에둘러 말했다지만, 여기 애도 있는데 이상한 걸 다 묻고 그러네.

'아참, 지금은 나도 애였지.'

별걸 다 묻는다 생각했지만, 어쨌건 나는 오해가 없게끔 단도직입적으로 되물었다.

“혹시 애인 사이 같은 거요?”

“……흠, 흠. 그래. 굳이 표현하자면.”

“아뇨, 없었어요. 오히려…….”

오히려 내게 대놓고 ‘어디 좋은 신랑감 없냐’고 물어볼 지경이었는데, 애인은 무슨.

‘차라리 그냥 종 취급 비슷했지.’

그렇게 말하려다 말고 나는 말을 바꿨다.

“제 눈에는 무척 공적인 관계로 비쳤거든요.”

“……그런가. 관계의 주도권은?”

그야 최서연이 갑이지.

“제가 보기에는 서연 누나 말에 꼼짝 못 하시는 것 같던데요.”

최서연의 나가 있으라는 말에 재깍 나가기도 했고.

내 말에 조세화가 문득 생각났다는 듯이 불쑥 끼어들었다.

“아, 혹시 어제 요한의 집에서 본 그분이니? 서연 언니 차 운전하던.”

“응, 맞아. 그분.”

신정현은 어제 원장의 부탁으로 조세화가 데리고 온 수행원들과 일손을 도우러 다녀왔으니, 대화 한번 나눠 보지 않았어도 그 존재는 아는 모양이었다.

조세화도 신정현을 아는 눈치이자 양상춘은 그 사실을 반기며 물었다.

"세화가 보기에는 어떻던가? 성진 군의 의견에 동의하나?"

조세화가 고개를 갸웃하더니 어깨를 으쓱였다.

"……동의하고 자시고, 저는 그분이 말하는 것도 보지 못했는데요."

"과묵한 인물인 모양이군."

"그런 거 같았어요. 덩치는 컸지만 엘리트라는 느낌도 있었고……. 하긴, 최갑철 의원쯤 되는 사람 비서라면 엘리트이긴 하겠다."

양상춘이 고개를 끄덕였다.

"과연. 알겠군."

뭘?

양상춘이 말을 이었다.

"이는 곧 다시 말해 최서연이 '성진 군을 찾고자 했다'는 의지를 표명했단 것으로 해석이 가능할 것 같네."

나를 찾고자 의지를 표명했다?

양상춘의 입에서 나온 그 문어체적 표현에 나는 잠시 당황했다.

"의지를 표명……."

내 중얼거림을 양상춘이 받았다.

"혹시 단어가 어렵나?"

이제 와서 나를 초등학생 취급해 주는 것도 좀 그런데.

내가 잠시 당황한 건 양상춘의 입에서 나온 그 수사적 표현이 내포한 의미가 심상치 않게 다가왔기 때문이다.

"아뇨, 그게 아니라 박사님 말씀은 서연 누나가 제 존재를 어쩌다 보니 안 것이 아닌, 알고자 했기에 알았단 말씀으로 들려서요."

양상춘이 빙긋 웃었다.

"아니, 자네가 받아들인 그대로일세."

양상춘이 말을 이었다.

"나는 최서연이 자네 이야기를 어디선가 '우연히' 주워들었다고는 생각하지 않네. 아니, 오만 이야기가 오가는 바닥이니 어디선가 '소년 사장'의 존재 자체는 알았을지도 모르지. 하지만 그렇다고 성진 군이 '박상대의 비위를 폭로한' 기사의 후원자였다는 것까지 알기는 어려워."

하긴, 내가 SJ컴퍼니의 실질 경영자임을 '아무도 모른다'고는 할 수 없다.

하지만 그렇다고 해서 초등학생이—아무리 집안의 후원이 있었다지만—흑자를 내는 건실한 중견 기업을 경영하고 있다는 걸 누가 믿어 주겠는가.

'설령 들어도 우스갯소리 취급하고 말겠지.'

더군다나 양상춘의 말마따나 내가 김기환의 취재 비용을 내어 주며 그 몰락의 단초를 제공한 장본인임을 알려면, 김기환이나 구봉팔, 혹은 그 외 운락정에 있었던 인물의 입을 빌리지 않고선 불가능에 가깝다.

양상춘 역시, 내가 방금 전 떠올린 생각을 보강하는 말을 이어서 늘어놓았다.

"하물며 그녀가 김기환 대표나 구봉팔 씨를 만나서 알게 된 것은 아닐 것이네. 아니면 최서연이 자네를 찾아간 그나마 합리적인 이유를 대자면, 자네가 요한의 집을 공식적으로 후원하는 기업 사장이기 때문인데, 그조차도 내가 앞서 했던 내용과 모순이 생기지."

"……제게 실권이 있다고 생각하지 않는다면 그 누나가 저를 만날 이유도 없다는 말씀이죠?"

"바로 그걸세. 오히려 '요한의 집을 인수하고자 한다'는 것만이 목적이었다면 새마음아동복지재단의 이사장인 구봉팔 씨를 먼저 만나 보는 것이 당연한 수순이니까."

하기야, 그녀는 내가 새마음아동복지재단이며 요한의 집 경영에도 간섭하고 있다는 것도 이미 아는 눈치였다.

양상춘이 말을 이었다.

"즉, 최서연이 성진 군을 대면하고자 했다면 자네가 SJ컴퍼니의 경영 책임자이자 실권자임을 자각한 상태여야 하고, 나아가 박상대의 비위를 폭로한 기사와 어떤 방식으로든 관계하고 있단 걸 알고 있어야 하겠지. 그러자면 그녀는 자신의 부친인 최갑철이나 자네가 말한 비서를 통해 알았다는 것이 되는데, 아무리 그녀가 박상대의 옛 약혼자로서 이해 당사자라고는 하나 그 요정에서 있었던 일이 남 앞에서 무용담처럼 떠들 만한 성질의 사건이라고는 할 수 없으니, '무슨 일이 있었는지'를 알고자 한다면 누군가에게 물어야만 하겠지."

양상춘이 나를 보며 말했다.

"그리고 아까 전 자네는 최서연이 비서를 통해 자네를 알게 된 것 같다고도 말했네."

거기서 나는 조금 늦었지만, 솔직하게 시인했다.

"네, 서연 누나가 그랬거든요. 비서님께 운락정의 일을 들었다고요."

양상춘은 다소 뒤늦게 진실을 밝힌 나를 힐난하지도 않고 빙긋 웃어 보일 뿐이었다.

"그렇다면 조금 더 이야기가 빨라지지. 그녀가 최갑철의 비서에게 들었건, 아니면 최갑철 본인에게 들었건 진위 여부는 차치하고 최서연의 입으로 '들어서 알게 되었다'는 것이 중요하니까."

양상춘이 내 태도를 꼬투리잡지 않은 건, 최서연이 내게 진실만을 말하지는 않았을 거란 생각을 했기 때문인 모양이었다.

"이왕이면 그녀 입에서 '물어서 알게 되었다'고 하는 말이 나왔다면 더 좋았겠지만 어휘의 맥락이란 복잡한 것이니 어쩔 수 없지. 게다가 세화와 자네의 말을 종합해 보자면 최갑철의 비서란 인물이 최서연에게 하릴 없이 떠들어 댄 것 같지도 않고."

그래서 양상춘은 아까 내게 굳이 '둘이 애인 관계는 아니냐'고 물은 거로군.

'만일 최서연과 신정현이 그렇고 그런 사이라면 별다른 일이 없어도 미주알고주알 비밀 이야기를 떠들어 댈 수 있으니 말이야.'

생각해 봄 직한 건 더 있다.

'그리고 양상춘은 최갑철이 최서연에게 나에 대해 아무런 언급도 하지 않았을 거라 생각하고 있지만, 그렇지만도 않았어.'

그녀의 말을 빌리자면, 최갑철은 나에 대해 '입에 침이 마르도록 칭찬'을 했다.

'그러면서도 운락정에서 무슨 일이 있었는지에 대해선 구체적으로 모르는 눈치였으니, 모든 걸 들은 것은 아니란 의미에서 양상춘의 말도 일부는 옳지.'

그리고 그녀는 신정현이 '과묵'했다고 말했다.

'즉, 신정현 비서에게 대강의 내용은 들었으나 아주 구체적인 것까진 듣지 못했다…….'

자고로 질문을 하려면 그 전에 자신이 '무엇을 모르는지' 알아야 질문도 가능한 법이다.

그런 이유로—양상춘의 말에 내 견해를 덧붙이자면—최서연은 질문에 앞서 최소한 '나'라는 인간에 대해 알고 있었

단 의미이기도 했다.

'양상춘의 말 때문인지는 몰라도 최서연이 내게 접근한 이유는 생각할수록 수상하긴 하군.'

잠자코 이야기를 듣던 조세화가 미간을 찌푸리며 끼어들었다.

"그래서 그 언니가 성진이를 어떻게 알았는지가 그렇게 중요한 건가요?"

아 참, 조세화는 처음부터 그걸 물어보았지.

'거기에 양상춘은 내 대답 여부에 따라 그 중요도를 판단한다는 식의 말을 했고.'

양상춘이 고개를 끄덕였다.

"음, 조금 이르지만…… 물었으니 대답하자면 나는 지금 어쩌면 자네의 부친을 살해한 건 그쪽 인물일지도 모른다는 생각을 하는 중일세."

양상춘의 말에 조세화가 흠칫했고, 양상춘은 그런 그녀와 나를 번갈아 보며 말을 이었다.

"이건 일반론이지만 어느 사건과 관련해 범인과 범행 관계자라면, 가능한 한도에서 이번 일과 관계된 인물 정보를 모두 수집해 볼 생각을 하지 않았을까? 그런 의미에서 나는 최서연이라는 인물을 경계할 필요가 있다고 보네."

양상춘의 말은 내게도 파격적일 정도였는데, 하물며 조세화에겐 그야말로 당장 현실 부정을 해 버리고 싶어질 만큼

청천벽력으로 다가온 모양이었다.

조세화는 화가 난 기색을—도대체 무엇에 분노하는지 그녀조차 자각하지 못하는 모양이지만—감추지도 않으며 양상춘을 노려보았다.

"성진이 다음은 그 언니예요? 박사님은 그 언니를 만나 보지도 않았잖아요."

그러나 양상춘은 아랑곳하지 않는 듯 태연히 자신을 향한 조세화의 분노를 받아 넘겼다.

"오히려 만나 보지 않았으니 객관적으로 볼 수 있다는 것도 감안해 주지 않겠나?"

"……."

양상춘의 말에 조세화는 꿀 먹은 벙어리처럼 입을 다물었는데, 그것이 양상춘의 말이 어처구니가 없어서인지, 아니면 일견 일리가 있다고 판단했기 때문인지 나로서는 알 도리가 없었다.

'하긴, 최서연을 한 번이라도 만나 본 사람은 누구라도 그녀에게 호의적이게 되지. 양상춘의 말마따나 그는 최서연을 만나 본 적도 없기 때문에 사안을 객관적으로 바라볼 수 있는 걸지도 몰라.'

양상춘이 말을 이었다.

"그리고 나는 '최서연'이 범인이라고 단정 지어 말하지 않았네. 어디까지나 가능성의 측면에서 꺼낸 이야기에 불과하지. 누군가를 직접 살해해야만 범인이 되는 것도 아니지 않은가? 계획에 도움을 주고 범인을 돕는 것만으로도 충분히 혐의가 적용되는 법이니."

양상춘은 그쯤하면 조세화도 알아들은 것으로 치는 듯, 이번엔 고개를 돌려 나를 보았다.

"나는 얼마 전까지, 그러니까 최서연이라는 인물이 자네들에게 접근한 것이 어떤 정치적 목적, 그러니까 옛 약혼자의 사생아까지 보듬어 주는 관대한 아량을 대중에 선전하기 위함이 아닐까 생각했다네."

양상춘도 그 부분에 주목했던 것인가.

"하지만 지금 생각해 보면, 적은 더 가까이 두란 격언을 실천하고 있는 게 아닌가 하는 의심이 드는군."

"……."

"다만 내 생각에 자네 정도 되는 인물을 속이려면 그에 필요한 담력과 화술, 뻔뻔함이 필요할 것으로 보지만 말일세."

양상춘이 지적한 대로, 어쩌면 나 역시도 조세화처럼 최서연을 향한 편견에서 자유롭지 않았음을 인정해야만 했다.

'그래, 최서연이 내 앞에서 보인 털털한 모습이나 담배를 피우던 모습까지도 내가 그녀를 신뢰하게 만드는 전략일 수도 있었어.'

심지어 그녀는 내게 박강선의 유산에 손 댈 생각은 추호도 없다는 식으로 제안을 던지며 나로 하여금 그녀와 모종의 공범자적 의식마저 공유하게 했다.

그리고 그런 '내밀한 제안'은 그녀가 하는 말을 진실로 받아들이게 하는 요소이기도 했다.

'생각해 보면 나는 최서연에 대해 아무것도 모르고 있군.'

생각해 보면 엄밀히 말해서, 그녀가 박강선을 입양하려는 목적을 밝힌 적도 없다.

박강선을 입양하는 것이—양상춘도 생각했던 것처럼—최갑철의 이미지 개선에 필요한 일이 아니냐는 내 당돌한 질문에도 그녀는 '최갑철의 정치 생명은 연장되지 않는다'며 부정했을 뿐.

나는 그녀가 제안한 '거래'를 두고 거기에 정신이 팔려 깊이 파고들지 못했으나, 최서연이 그 '이유'를 말한 적은 없었다.

'그녀는 결혼 후 최소 2년이 지나야 박강선을 입양할 수 있단 것도 알고 있으니, 그때가 오면 최갑철의 정치 생명은 이미 끝났을 때인데…….'

뭐, 따지고 보면 최갑철의 정치 생명이 언제까지라는 것조차 최서연의 말을 빌린 것에 불과하지만.

'유산이 목적인 것도, 그렇다고 정치인의 이미지 개선이 필요한 것도 아니라면 대체 박강선을 입양하려는 목적이 뭐지? 무언가 나도 알지 못하는 더 큰 그림을 그리고 있는 건가?'

마음 같아선 전예은을 불러다가 최서연과 대면하게 만들

고 싶었지만.

전예은의 능력이 만능인 것도 아니고, 또 그녀가 누군가를 통해 내 더러움과 비열함을 읽게 하고 싶지도 않았다.

'기껏 어렵사리 전예은과 신뢰 관계를 구축해 두었는데, 다 잡은 물고기를 놓아줄 수는 없지.'

그렇게 되면 전예은은 분명 나에 대해 실망해 내 곁을 떠날 것이다.

'어쨌든 착한 애니까. 전예은이 나에게 호감을 보이는 것도 내게서 어떤 더러운 위선이나 음모를 알지 못하기 때문인 것이나 마찬가지고.'

그러니 전예은이라고 하는 히든카드를 '고작' 이런 일에 허비할 수는 없다.

'그녀는 언젠가 나에게 살의를 품은 인간이 누군지 알려 줘야 하니까.'

그사이 다소 냉정을 되찾은 조세화가 입을 열었다.

"좋아요. 박사님 말씀대로 서연 언니가 성진이까지 속여 가며 우리에게 접근했다고 쳐요. 그러면 대체 무슨 목적으로 접근했고, 그보다, 언니가 저희 아버지를 살해할 까닭이 뭔가요?"

무표정한 와중에도 억양에 힘이 들어간 것으로 보아, 그녀는 여차하면 분노의 화살을 최서연에게 돌릴 준비도 하고 있는 듯했다.

양상춘이 대답했다.

"모르네."

"……."

"아직 성진 군에게 묻고 싶은 것도 남았으니까."

양상춘이 나를 보았다.

"아직 아까 질문한 것에 대답을 듣지 못했군. 최서연은 혹시 박강선을 입양하려 하고 있나?"

흐음, 이 부분에 대답하려면 내 더러움을 조금 드러내야 하는데.

'이대로 시치미를 뗄 수도 있지만…… 지금은 일시적인 호감보단 살을 조금 내주고라도 양상춘의 협력을 구하는 편이 좋겠어.'

그리고 양상춘이라면 사업가적 '협의'에 대해 이해를 해 주리라 보고.

'하지만 이 자리에는 조세화도 있으니 지금은 살짝 에둘러야겠군.'

아무것도 모르는 순진무구한 아이를 철저히 연기할 필요는 없지만, 최소한의 애들다움은 있어야 조세화도 나에 대한 신뢰를 잃지 않을 테니까.

'지금 와서 조세화가 나에 대한 신뢰를 잃기 시작한다면 그야말로 다 된 죽에 코 빠트리는 격이나 다름없는 일이야.'

생각을 마친 나는 고개를 끄덕였다.

"예. 누나는 저에게 강선이를 입양할 계획이라고 말했어요."

내 말에 양상춘과 조세화는 놀란 기색을 감추지 않았다.

양상춘이 몸을 살짝 앞으로 기울였다.

"최서연이 자네에게 직접 한 말인가?"

"네. 그러면서 한 말이, 강선이의 유산에는 일체 손을 대지 않겠다고도 했어요."

양상춘은 내 말을 듣곤 턱을 긁적였다.

"꽤 노골적이군……. 그래서 자네는?"

나는 어깨를 으쓱였다.

"그건 제가 관여할 바가 아니죠. 서연 누나에게 입양되는 건 강선이가 선택할 사항이라고 봐요."

"그러는 한편, 결과적으로 자네는 박강선을 입양하고자 하는 최서연의 의견에 동의했기 때문에 그녀로 하여금 요한의 집을 인수하는 자리까지 안내한 것이 아닌가?"

예리하군.

나는 고개를 끄덕였다.

"네, 제3자의 입장이지만 강선이 입장에서도 서연 누나가 입양하는 게 나쁜 이야기는 아니라고 생각했거든요."

그러며 나는 잠시 뜸을 들인 뒤 말을 이었다.

"물론 저도, 따지고 보면 생판 남이나 다름없는 강선이에게 누나가 한없는 애정을 쏟아 줄 거라는 낙관적인 생각은 하지 않았어요. 하지만 최소한 누나는 제게 강선이가 초일류의 교육과 남부러울 것 없는 환경에서 양육될 수 있도록 힘쓸 거라고 했어요. 그 자체엔 거짓이 없겠죠. 아시다시피 누나는 최갑철 의원의 따님으로 소위 상류층 인사로 분류될 분이니까요. 제게 강선이의 유산에 손 댈 생각이 없다고 먼저 말한 것도, 강선이의 유산이 목적이 아님을 알리고자 한 것일 테고요."

아직 어려서일까, 다소 속물적으로 들릴 수 있는 요소를 별로 내켜 하지 않는 조세화는 어쨌건, 양상춘은 납득한 눈치였다.

"그래. 모성애 같은 막연한 것을 보장하는 것보단 솔직해서 좋군. 요한의 집이 좋은 보육원이라는 건 인정하지만 냉정히 말하면 어디까지나 보육원의 범주하의 평가라는 것도 사실이고."

조세화가 떨떠름해하는 얼굴로 나를 보았다.

"그러면 네 생각에 그 언니가 강선이를 입양하려는 이유는 뭐인 것 같니?"

"솔직히 잘 모르겠어."

나는 솔직하게 인정했다.

"어쨌거나 나로서는 강선이 입장에도 나쁜 제안은 아닐 거란 생각을 했을 뿐이야. 물론 아까도 말했지만 최종 결정은 어디까지나 강선이의 선택이고."

조세화는 문득 생각난 듯 눈을 크게 치떴다.

"그러면 너는 애초부터 서연 언니가 강선이와 친해질 목적으로 요한의 집을 인수했을 수도 있단 거니?"

"……."

"……알고서 한 거구나."

조세화의 얼굴에 예상했던 실망의 빛이 스치고 지나갔다.

"혹시나 해서 묻겠는데, 그렇게 해서 네가 얻는 게 있어?"

"……솔직한 심경으로 말하자면, 없지는 않아."

"없지는 않다니? 너도 이번 일을 이득의 관점에서 보는 거야?"

"여러모로 그런 셈이지. 일단 서연 누나가 요한의 집, 나아가 새마음아동복지재단을 인수하게 되면 구봉팔 이사님도 다른 일에 집중할 수 있게 돼."

"……."

조세화는 내 말에 일단 머리로는 납득을 하는 모양이었다.

그도 그럴 것이, 최서연의 꿍꿍이는 모르더라도 새마음아동복지재단 자체는 언제고 구봉팔의 앞길에 발목을 붙잡을 여지가 충분한 걸림돌이긴 했으니 '사정을 이해하는' 인물이 이를 받아 준다면, 우리 입장에선 손 안 대고 코 푸는 격이 된다.

'하지만 심정적으론 아직 거부감이 있는 모양이군.'

그래서 나는 일부러 덧붙였다.

"그리고 강선이가 서연 누나에게 입양된다면 나도 더 이상 강선이의 유산에 신경 쓸 필요가 없어진다는 것도 한몫하고."

"무슨 소리니?"

"지금은 잠시 소송이 중단되었지만, 강선이의 유산을 노리는 사람들은 언제고 또 나타날지 모르니까. 이때 차라리 강선이에게 듬직한 양부모가 있어 준다면 더 이상 시비를 거는 사람도 나타나지 않을 거라고 생각했어."

최서연이 약속한 D구 재개발 건은 나도 온전히 믿을 것이 아니었기에 일부러 언급하지 않았지만, 그럼에도 불구하고 조세화의 눈엔 언뜻 경멸의 빛이 어렸다.

"다시 말하면, 너도 '귀찮은 일'에서 해방된다고 생각한 거구나?"

"그렇게까지는 말하지 않았어."

"됐어. 나도 알아. 너 바쁜 사람인 거. 돈도 안 되는 남 일에 신경 써 주는 것도 정도가 지나치면 피곤해지겠지."

그렇게 내뱉은 조세화는 아차 하더니 내 눈치를 살폈다.

"……미안. 말이 과했어."

"아니야. 괜찮아."

"미안."

조세화의 사과는 분명 진심이겠지만, 그럼에도 그녀 안에서 내 평가는 다소 재고가 되었을 것이다.

'뭐, 사실 조세화는 나를 지나칠 정도로 좋은 사람 취급해 오곤 했지. 그 평가를 조금 낮출 필요는 있었어.'

우리의 말다툼에 양상춘은 난처해하는 얼굴로, 하지만 그러면서도 나와 조세화의 갈등이 본인과는 상관없는 일이라는 듯 무심한 투로 끼어들었다.

"어쨌거나 성진 군 생각에 최서연의 박강선 입양은 나쁘지 않은 제안이라고 받아들인 모양이군."

"맞아요. 요한의 집을 후원하는 입장에 할 말은 아니지만 시설이 어느 한 가정을 완전히 대체할 수는 없다고도 생각했고요."

"아니네. 내가 자네 입장이라도 그렇게 했을 거야. 굳이 맹모삼천지교 고사를 들먹이지 않더라도…… 대한민국에서 좋은 학군과 양질의 교육이 지니는 가치는 무시할 수 없지. 오히려 나는 최서연이란 인물이 박강선에게 사랑을 쏟겠다느니 하는 추상적인 것을 보장하지 않았다는 점을 높이 사고 싶을 정도라네."

양상춘이 말을 이었다.

"하지만 그럼에도 나는 차라리 유산이 목적이라면 모를까, 곱씹을수록 최서연이 '굳이 그렇게까지 해 가며' 박강선을 입양하려는 목적엔 의문이 생기는군. 그것도 결혼을 해서까지, 그리고 박강선 가까이 접근해 지금부터 시작해도 최소 2년간 그 아이의 호감을 사 보려 노력해 가면서 말일세."

양상춘이 어조를 고쳤다.

"시쳇말로 냄비 근성이라고들 하듯, 조금 냉정하게 말하자면 대중의 관심은 일찍 식기 마련이지. 2년 뒤에는 무슨 일이 이슈가 될지도 모르고, 또 그땐 정권이 바뀌어 대통령이 누가 되었을지 모를 시간이 아닌가. 이 일도 마찬가지일 걸세. 그러니 만일 박강선을 입양하는 일이 최갑철의 실추된 이미지 회복을 목적으로 하더라도 그건 지나치게 긴 시간이라고 보네. 아닌 말로 이미지 개선이 목적이라면, 당장 박강선이 있는 보육원의 후원자가 되었단 것만으로도 충분히 선의로 포장 가능한 일이니까. 하지만 내가 보기에 이 일은 상당히 '비공식적으로' 빠르게 진행된 것처럼 보이는군."

양상춘은 내가 생각하고 최서연에게 지적했던 바를, 남에게 밝히기 힘든 그녀의 어떤 예언적 발언을 거치지 않고도 그 수단의 낭비성을 지적했다.

'그러면 여기서 굳이 최서연이 최갑철에게 남은 정치 생명 운운했던 것을 언급할 필요는 없겠군.'

나는 양상춘의 지적을 내심 기쁘게 받았다.

"네, 저도 그게 이유라면 조금 의문이라고 생각하긴 했어요. 그래서 혹시 서연 누나가 나중에 정계로 진출하는 건 아닌가, 할 정도로……."

양상춘이 쓴웃음을 지었다.

"뭐, 최서연에게 그건 아무래도 힘들지."

조세화가 양상춘을 흘겨보았다.

“혹시 박사님께선 여자가 정치하면 안 된다고 생각하는 부류세요?”

“……흠, 이 부분은 세화가 나를 오해하지 않도록 첨언을 해야겠군. 전혀 그렇지 않아.”

양상춘이 단호하게 말했다.

“나는 어디까지나 최서연이 이제 와서 정계에 뛰어들기엔 늦었다고 말하는 것일세.”

“늦다니…… 언니는 아직 젊은데요?”

조세화가 고개를 갸웃했다.

“정치인들 나이를 보면 다들 아저씨에 할아버지잖아요.”

양상춘이 고개를 저었다.

“아니. 정치의 시작은 출마한 나이부터가 아니네. 따지고 보면 박상대도 자네의 부친과 비슷한 연배였으니 결코 ‘청년’이라 불릴 부류는 아님에도 ‘젊은 정치인’으로 평가받지 않았나?”

“……그것도 그렇죠.”

하긴, 심지어 박상대는 암만 조폭 세계의 직업 수명이 짧다지만 그 바닥에서 잔뼈가 굵을 대로 굵은 구봉팔보다도 조금 더 연상이니까.

“그런 의미에서 박상대는 확실히 ‘젊은 정치인’으로 분류될 법하지. 하지만 그는 서울 시장의 비서직 등을 역임하며 경력과 명분, 인맥을 쌓았고, 그런 세월이 있었기에 비로소 여의도에서 명함이라도 꺼낼 수 있게 된 것일세. 정치인에겐 엘리트 코스라 할 만하지만 정석적이라면 정석적이지. 분명 그는 처음부터 자신이 정계로 입문할 것을 예정에 두고 인생을 준비했을 거야. 그러니 다른 요인이 있지 않는 한, 박상대처럼 '준비 기간'을 밟는 시기까지 고려해야 비로소 '정치를 시작'했다고 할 수 있을 것이네. 지역 유지의 아들로 부족함 없이 자랐을 그가 박봉의 공무원직을 수행한 까닭은 여기 있다네."

"……."

"하면, 최서연을 보게. 그녀는 노동자를 위해 싸워 온 부류도 아니고, 그녀의 부친도 그런 인물은 아니지. 그렇다고 여성 인권을 위해 투쟁해 온 전적이 있었던 것도 아니며, 어려운 국가고시를 치러 공무원으로 일하는 것도 아니야."

그리고 그건 '고작 정치 거인인 최갑철이 부친'이라는 정도로는 되지 않는단 이야기였다.

"일반적으로 말해 국민이 누군가를 믿고 표를 던진다면, 그 인물의 지나온 행적이나 배경, 정치를 하는 동기 등을 살피기 마련인데…… 최서연에게는 이런 이미지가 전무해. 지금 이런 발언은 조심스럽지만, 대중의 이미지 속 그녀는 최갑철 아래서 온실 속의 화초로 자라났다, 라고도 할 수 있겠지. 뭐, 물론 앞으로 시대가 어떻게 흘러갈지는 나도 모르니

확언하는 것까진 아닐세."

나는 속으로 양상춘의 말을 긍정했다.

'최서연도 그걸 잘 알고 있는 듯했지.'

내가 본 바로 최서연은 '내조'를 가장해 정치인 남편을 뒤에서 쥐락펴락할지는 몰라도 본인이 앞에 나서는 유형은 아니었다.

'그러고 보면 전생에 최서연과 결혼한 박상대가 허구한 날 바깥으로 겉돌아 다녔던 것도 얼추 이해는 가. 공감까진 못 하겠지만.'

조세화는 (기분은 나쁘지만)양상춘의 말에 납득한 눈치였다.

"그래서 박사님께선 서연 언니가 강선이에게, 나아가 저희에게 접근한 것에 다른 목적이 있다고 생각하신 건가요?"

"지금은 그걸 염두에 두고 있네. 당장 정보가 부족해 사안을 판단할 근거는 희박하지만…… 정황상 최서연이 박강선을 향한 동정, 혹은 어떤 충동적 기질로 접근했다고는 보이지 않아. 그리고 지금은 그것이 자네의 부친인 조설훈 씨가 살해된 것과 연관이 있지는 않은가, 생각한 거지."

그러면서 양상춘이 덧붙였다.

"이것도 지금은 어디까지나 가설에 불과하네. 최서연에게는 조설훈 씨를 살해하고 경찰에 입막음을 할 능력이 있지만, 아직 그럴 만한 동기까지는 보이질 않으니……."

양상춘은 나를 범인으로 지목했을 때와는 달리 퍽 조심스러워졌다.

'하긴, 나와 달리 최서연은 범행으로 무슨 이득을 얻을지 아직 명확하지 않은 상황이니까.'

엄밀히 말해 지금 최서연이 양상춘의 물망에 오른 것도, 나를 배제하고 나서 '조설훈을 살해할 만한 인물' 중 '가장 수상하기 때문'에 불과하다.

'당사자 입장에선 부당하다면 부당할 수 있겠지만…… 그러는 나도 최서연이 접근한 꿍꿍이속이 궁금하긴 해.'

양상춘이 나를 보았다.

"그래서 자네만 괜찮다면 협조를 구하고 싶네."

"저에게요?"

"음, 지금 상황에 조설훈 씨와 최서연 사이의 연결 고리를 꼽자면 박상대를 들 수 있는데……."

양상춘은 그 말을 하며 힐끗 하고 한 차례 조세화를 보았다.

"그 박상대가 사망하고 없는 지금, 주지하듯 박상대의 유산은 모두 박강선에게 돌아갔지. 지금 우리 중에서 박강선의 유산 목록에 접근할 수 있는 건 성진 군이니, 괜찮다면 기회를 봐서 박강선의 재산 중 최갑철 의원과 연결 지을 만한 것이 있는지를 알아봐 주지 않겠나?"

양상춘은 최서연이 박강선에게 접근한 이유로 박상대의

재산 목록에 최갑철의 아킬레스건이 있지는 않을지 의심하는 눈치였다.

'뭐, 굳이 최서연이 얻을 이득이라고 할 만한 것을 꼽자면 그렇기는 하겠지만.'

내 생각에 양상춘의 접근 방식으론 유의미한 내용을 알아내긴 쉽지 않을 듯했다.

내가 생각하는 사이, 조세화가 물었다.

"네? 하지만 박사님, 방금 성진이가 서연 언니는 강선이의 유산에 손댈 생각이 없다고 말했잖아요?"

"그랬지."

양상춘은 조세화의 말을 인정하는 한편, 덧붙였다.

"하지만 그걸 처분해 불분명한 출처가 드러날 경우와 그렇지 않을 경우는 또 다른 법이지 않겠나."

"……이를테면요?"

"박상대가 막대한 부를 쌓아 올린 건 그 개인의 능력이 아닐세. 그 선대로부터 물려받은 재산이 대부분을 기여하고 있지. 그리고 박상대의 집안은 D구 지역 유지로 불리며 실제 D구는 박상대에 대한 지지율이 높은 지역이었고. 그러니 나는 어쩌면 박상대의 집안이 부를 쌓아 올린 수단에 부당한 요소가 있을지도 모른다는 생각을 하고 있는데…… 그것이 알려지면 최갑철에게도 큰 마이너스로 작용하지 않을까 해서."

양상춘의 말마따나, 박상대의 가문은 D구의 텃새 중 텃새로 군림하며 오래 전부터 많은 영향력을 행사해 왔다.

'하지만 그렇다고 최갑철 측이 조설훈을 죽이면서까지 입막음을 해야 할 만큼 대단한 비위가 있을까.'

그야 들추면 구린 구석이 없지는 않겠지만, 나는 양상춘이 괜스레 긁어 부스럼을 만들려 하는 건 아닌지 저어되었다.

'오히려 어쩌면 죽은 조성광의 부정을 들추는 일이 될지도 모르고. 아마 조성광은 박상대의 부친과도 엮여 있는 인물이었을 테니까.'

양상춘이 나를 보았다.

"결국 성진 군의 대답은 아직 듣지 못했군. 도와주겠나?"

"……글쎄요."

나는 일단 뒤로 한 발을 뺐다.

"제 쪽에서 강선이의 유산을 관리하는 건 분명합니다만, 그렇다고 제가 강선이의 유산 목록에 접근해서 들추는 권한까지 있는 건 아니어서요."

"자네 입장은 이해하네. 하지만……."

약삭빠르게도 양상춘은 조세화를 힐끗 살폈다.

"자네 친구의 부친이 살해당한 일이네. 모쪼록 긍정적으로 검토해 주었으면 좋겠군."

"……."

조세화는 단호한 얼굴로 나를 보았고, 나는 하는 수 없다는 듯 한숨을 길게 내쉬었다.

애당초 경찰 수사 정보를 사적 자리에서 공유하고 있는 이 자리부터가 합법적인 일이 아니다.

"알겠습니다. 제가 할 수 있는 선에서 알아보죠."

"고맙네."

당사자도 아닌 양상춘이 고마워할 일이 아니라고 생각한다.

"미안, 고마워."

조세화에겐 그럴 자격이 있지만.

"아니야. 너랑 나 사이인데."

"응……."

나는 두 사람을 보며 어조를 바꿔 말했다.

"하지만 큰 기대는 하지 마세요. 제가 합법적인 범주에서 알아볼 수 있는 선에는 한계가 뚜렷하니까요."

"알고 있네. 실마리만 잡을 수 있더라도 충분해."

양상춘은 그렇게 말했지만, 고작 실마리 정도로 애먼 사람을 범인으로 모는 건 아닐지 걱정이다.

'일단은 보험용으로 선을 그어 두었으니.'

나는 조사 중 여차하면 내 쪽에서 정보를 빼돌릴 생각도 하고 있다.

"그러면."

양상춘이 다시 입을 뗐다.

"슬슬 자리를 정리해야겠군. 모처럼 훌륭한 식사에 초대해 주었는데 이렇게 남기고 말아 식당에 면목은 없지만……."

양상춘의 말마따나 우리 테이블은 처음과 별 차이도 없어 보일 지경으로 다들 음식을 깨작거렸을 뿐이었다.

나는 쓴웃음으로 양상춘의 말을 받았다.

"주방장에겐 그럴 만한 사정이 있었다고 따로 전달할게요."

"고맙군. 다음에 혼자 찾아와 느긋이 식사를 즐겨야겠어."

뷔페를 혼자서?

'많고 많은 혼밥 중 최상위 난이도를 자랑하는 일인데.'

양상춘이 자리를 정리하는 듯하자 조세화가 물었다.

"앞으론 어떻게 하실 거예요?"

"음."

양상춘은 잠시 생각하다가 대답했다.

"우리가 당장 할 수 있는 거라면…… 일단 양춘자 씨를 만나 봐야겠지."

양춘자는 현재 양상춘으로부터 박상대 비위 기사 정보를 빼돌린 혐의를 받고 있다.

"그분이 거짓말을 할 수도 있잖아요."

조세화의 말에 양상춘이 머리를 긁적였다.

"그건…… 그쪽이 우리에게 협력하지 않는다 하더라도 어쩔 수 없는 일이라 보지만, 아무것도 안 할 수는 없지 않겠나."

차라리 나를 범인으로 생각하고 있을 때라면 모를까, 지금은 조설훈을 살해한 동기도, 근거도 더욱 희박해진 상황이니까.

"아 참, 생각난 김에 묻는데, 양춘자는 최서연을 아는 눈치였나?"

양상춘의 말에 나는 고개를 저었다.

"그렇지는 않았습니다. 서로가 초면인 거 같더군요."

"그런가…… 하면, 반대의 경우는?"

반대의 경우라면, 최서연이 양춘자를 알아본 경우 말인가?

"그건 저도 잘 모르겠어요."

최서연이 무슨 꿍꿍이속을 하고 있는지는 나도 짐작 가는 바가 없으므로.

양상춘이 고개를 끄덕였다.

"아무튼 알겠네. 어쨌건 양춘자를 떠보는 일은 조금 신중하게 접근해야겠군."

곰곰이 생각하던 조세화가 끼어들었다.

"음…… 필요에 따라선 서연 언니에 대해 어떻게 생각하는지 물어봐서라도 대화의 물꼬를 터 봐야겠어요. 일단은 그 언니가 요한의 집을 인수한 상황이니, 거기에 관해서 물을 겸."

"으음, 그런 일엔 강 형사가 제격인데……."

하지만 어째 양상춘은 강하윤을 끌어들이는 걸 망설이는 눈치였다.

'그러고 보니, 왠지 평소라면 오늘 이 자리에도 동석할 법한데 오지 않았군.'

양상춘과 동조에 나를 의심한 것이 이제 와서 새삼 뻘쭘해지기라도 했나?

'정작 나는 크게 신경 안 쓰는데.'

생각하는 사이 양상춘이 말을 이었다.

"어쨌건 그 방법은 추후 강구해 보도록 하지."

나는 강하윤이 바빠진 모양이라 생각하며 고개를 끄덕였다.

'하긴, 사건 하나에만 오래 매달릴 수 없는 게 대한민국 경찰의 숙명이니까.'

그 직후 주머니를 뒤적였다.

"그러면 추후 경과에 따라 연락을 해야겠군."

명함을 찾는 모양이었다.

"박사님 명함이라면 저번에 받았는걸요."

"아직 가지고 있나? 그렇다면 됐고."

왜, 내가 버렸을까 봐?

나는 그 정도가 아니라, 양상춘을 만나기 전부터 이미 그 핸드폰 번호도 외우고 있었다.

'불행인지 다행인지 결국 이 기억력을 쓸 기회는 찾아오지

않았지만.'

양상춘이 픽 웃었다.

"안 그래도 이미 전 직장에 사표를 던지고 나온 터여서, 소속이 박힌 명함을 계속 쓰는 것도 어딘지 껄끄러웠거든."

그 말에 조세화가 끼어들어 참견했다.

"이참에 새로 명함을 파시는 건 어때요?"

"명함을 새로 파자고? 지금 명함을 파 봐야 기재할 만한 내용이 없는데."

조세화처럼 태생부터 부자인 것들은 잘 모르겠지만, 명함 파는 일도 다 돈이 드는 법인 것을.

"그거라면 생각한 게 있어요."

나는 마침 좋은 기회라 생각하며 입을 뗐다.

"자네가? 아니, 나라고 굳이 명함을 새로 팔 필요까진……."

나는 고개를 저었다.

"아뇨, 그게 아니라 이번에 출판사를 인수하게 되었는데, 왠지 저는 박사님께서 도움을 주실 수 있을 거 같아서요."

"출판사?"

"네. 일산출판사라고……."

내 말에 양상춘은 눈을 동그랗게 떴다.

"아, 거기라면 나도 알지. 꽤 유서 깊은 출판사가 아닌가?"

"아시는군요?"

"음, 어릴 적 거기서 낸 전집 신세를 많이 졌지. 흠, 나도 자네가 출판 업계마저 뛰어들 줄은 몰랐는데."

엄밀히 말하면 내가 인수한 출판사는 간행 자체가 목적이 아니라 그 물망이 더 필요해서 한 일이지만.

"그러면 더 잘됐네요. 도와주실 거죠? 그러면 겸사겸사 명함도 팔 수 있고요."

명함이라는 건 구실에도 들어가지 않는다는 것쯤은 양상춘도 알고 조세화도 알고 있다.

'이는 양상춘을 내 근처에 두고 감시하자는 목적을 겸하는 거지.'

또한 여차할 땐 가까이 연락을 주고받을 수 있다는 이점도 있고, 업무상의 이유로 '휘하 직원'을 만나는 일이니 다른 사람의 눈치를 볼 필요도 없게 된다.

다만 서로가 인지하는 본 목적이 그런 것이기는 하지만, 나는 양상춘이 왠지 사업적으로도 나쁘지 않은 역량을 발휘해 줄 것 같다고 생각 중이다.

'성격은 좀 그렇지만 머리는 좋은 거 같으니까 말이야.'

양상춘이 눈을 가늘게 뜨고 나를 보았다.

"그런데 성진 군, 이건 소위 말하는 낙하산 아닌가?"

나는 양상춘의 지적을 부정하지 않았다.

"그렇다고들 하죠."

"……알겠네."

양상춘이 안경을 고쳐 썼다.

"어차피 내 취업이 목적인 것도 아니고, 다른 사람도 아닌 자네의 말이니 이번엔 그 제안을 따르도록 하지."

안 그런 거 같았는데, 양상춘도 내심 나를 범인으로 지목했던 것에 심적 채무를 느끼고 있던 모양이었다.

"감사합니다."

"아니지. 감사는 내 쪽이 해야 하지 않겠나."

그 기회를 틈타 살짝 비꼴 정도로 떨떠름한 기색이기는 하나, 결국 양상춘은 하는 수 없다는 듯 내 제안을 받아들였다.

'……씁, 아무튼 배가 불렀어. 뭐, 취업이 상대적으로 쉬운 시대여서 그런 것도 있겠지만.'

그 감사도 내가 취업 자리를 알아봐 줘서가 아닌, 이번 일에 협조해 준 것에 대한 감사란 뉘앙스고.

'하긴, 그러니 아무 망설임 없이 공무원 자리도 박차고 나갈 수 있는 거겠지.'

어쩌겠는가, 끝물이라고는 하지만 꿈과 희망이 넘치던 대한민국 황금기를 살아가는 인물과 근미래 청년 취업난 시기를 두 눈으로 지켜본 나 사이엔 근본적인 인식의 차이가 있을 수밖에.

'뭐, 됐어. 결과만 좋으면 그만이지.'

그렇게 우리 둘 사이의 협의가 끝난 모양이자 조세화가 쓴웃음을 지으며 끼어들었다.

"그러면 박사님이랑은 이야기가 끝난 거니?"

"응, 너는?"

조세화가 고개를 저었다.

"전혀 없어. 당장은 뭘 어떻게 해야겠다고 생각나는 것도 없고……."

조세화가 나를 보며 웃었다.

"안 그래도 나 역시 박사님을 이번에 우리가 설립할 회사에 모셔 볼까 생각했는데, 박사님 입장상 유통사보다는 출판사가 한결 나아 보여."

조세화도 비슷한 생각은 하고 있었나.

하지만 내가 양상춘을 이번 합자회사에 낙하산으로 앉히지 않은 건, 그 회사가 앞으로 어떻게 될지 나도 확신이 없어서였다.

'분명 이런저런 담합이나 편법을 쓰게 될 텐데, 양상춘은 그래도 명색이 국가기관 공무원이었던 사람이니까……. 아무래도 껄끄럽지.'

또, 추후 회사가 성장했을 때 조세화와 지분 문제로 다투게 될 때 처음부터 이 자리에 함께했던 양상춘이 누구 손을 들어주게 될지 경계할 필요도 있었고.

'그에 비하면 출판사는…… 그래도 무난한 편이거든.'

출판사 쪽은 비록 안기부와 엮여 있기는 하지만, 양상춘은 그걸 알 도리도, 알 필요도 없는 일이었다.

'어차피…… 한국형 아마존을 만들고자 하면 어쨌건 서로

엮이긴 할 테지만.'

한편 양상춘은 조세화의 말에 빙그레 미소만 지어 보인 뒤, 고개를 돌려 그 시선을 내게 향했다.

"그러면 당분간 성진 군을 사장님으로 부르며 모셔야겠군. 잘 부탁드리겠습니다, 사장님."

"하하, 저야말로 잘 부탁드리겠습니다."

그렇게 나는 임시로나마 내 계열사로 양상춘을 영입하게 되었다.

'문제는 그다음인가…….'

양상춘을 끌어들인 구실까진 그럴듯했지만, 문제는 양상춘이 가져온 문제가 내게도 꽤 골치 아픈 문제로 다가올 것 같단 예감이 들었다.

'뭐, 일단은 오늘 저녁에 있을 행사 문제부터 짚고 넘어가야겠지만.'

다음 권으로 이어집니다

소구장 퓨전 판타지 장편소설

역사에서도 잊힌 비운의 검술 천재
최강의 꼰대력으로 무장한 채
후손의 몸으로 깨어나다!

만년 2위 검사 루크 슈넬덴
세계를 위협하던 마룡을 물리치며
정점에 이른 순간

이대로 그냥 죽어 다오, 나를 위해서.

라이벌인 멀빈 코넬리오에게 목숨을 잃……
……은 줄 알았는데,
200년 후의 몰락한 슈넬덴가에서 눈뜨다!
가족이라고는 무기력한 가주, 망나니 1공자뿐
망해 버린 가문을 살리기 위해
까마득한 조상님이 팔을 걷었다!

설풍 같은 검술, 그보다 매서운 독설로
슈넬덴가를 정점으로 이끌어라!

ROK
MEDIA
로크미디어

ROK
MEDIA
로크미디어